麦田月光

李卓◎著

作家出版社

麦田月光

李卓◎著

作家出版社

图书在版编目（CIP）数据

麦田月光 / 李卓著. -- 北京 : 作家出版社，2020. 7（2023.1重印）
ISBN 978-7-5212-1036-1

Ⅰ. ①麦… Ⅱ. ①李… Ⅲ. ①散文集－中国－当代 Ⅳ. ①I267

中国版本图书馆CIP数据核字（2020）第117734号

麦田月光

作　　者：李　卓
责任编辑：韩　星
策划编辑：欧家作
装帧设计：申祎烨
封面绘图：彭霖杰
出版发行：作家出版社有限公司
社　　址：北京农展馆南里10号　　　**邮　　编：**100125
电话传真：86-10-65067186（发行中心及邮购部）
86-10-65004079（总编室）
E-mail:zuojia@zuojia.net.cn
http://www.zuojiachubanshe.com
印　　刷：中煤（北京）印务有限公司
成品尺寸：170×230
字　　数：150千
印　　张：17.5
版　　次：2020年7月第1版
印　　次：2023年1月第2次印刷
ISBN　978-7-5212-1036-1
定　　价：40.00元

| 故乡元素 麦田月光 |（代序）

李卓从小就有作家梦，还有高考作文满分的骄人成绩。然而，随着阅读视野的开阔，以及对“何为文学、文学何为”思考的深入，他的写作越来越本真，他对自己文字的要求越来越严谨，直到而立之年后才郑重其事地捧出这本散文集《麦田月光》。

从内容上来说，《麦田月光》共分四辑，分别为“家”“暮色苍茫”“少年的江湖”“何事冬来雨打窗”，都是写少年李卓成长中的人和事。如李卓自己所说：“写作最朴素的意义是留住自己的记忆，文学与记忆几乎从来不可分割。”但《麦田月光》里的文字，既是少年李卓的记忆，也是成年李卓对故乡人事深刻思考过后的呈现。一个人成长的过程中，需要阅读书藉，更需要阅读人事，就像沈从文所说“我读一本小书同时读一本大书”。在这本散文集里，李卓非常真挚地记录了他成长过程中遇到的人和事，也阅读了这些人和事，通过对他们的深情记述与阅读，他了解社会，懂得人生，获得前行的力量。这种阅读让少年李卓得以成长，而他又将自己的经验与体悟与读者们分享，让它们成为他所面对的小读者的精神营养。

文学里的“麦田”有着丰富的意涵，它是大地上生长的植物，是可望见的丰收，还是孩子成长的空间，是充满希望的土地；在塞林格的作品中，它是孩子们游戏的地方——因为麦田的边缘有悬崖。所以，塞林格作品中的主人公霍尔顿愿意自觉地站在悬崖边，充当麦田里的守望者。当孩子们跑到悬崖边的时候，他就一把将他们捉住，使他们不会坠下悬崖。

李卓曾在一个黑暗的夜晚感受恐惧。“在那种情境下，你或许就能明白为什么中国文人那么偏爱月亮。倘若在那个时候，有月光倾泻而下，该是多么美好！”（《拜饭》）因此，麦田里的“月光”也是象征。从作者的亲身经历来说，他对于暗夜里“月光”的渴望，也正是在暗夜里“月光”存在的意义，这“月光”能驱除“恐惧”，让夜行者能勇敢前行。这“月光”又是作者在成长过程中“阅读一本小书和一本大书”的获益，是智慧和情感的闪光。

在这本集子里，李卓用简朴的文字叙述生命中的各种遇见，最为动人的是真情，是对各色各样人物的理解，对生之艰难的悲悯。初中毕业就扛起家庭重担的“胜哥”、因校园欺凌而精神分裂的“果子”、月光下割稻子的“二舅”、老光棍“聋子”、上门女婿“和平舅”……他们是李卓的亲戚朋友，李卓熟悉他们的生活如同熟悉自己的掌纹，李卓体贴他们劳作的辛苦，同情他们不幸的命运，同时，也礼赞他们的勤劳和坚韧——“那个用自己的肩膀扛起了一个家庭的有始有终的男人，始终是值得尊重的，他们应该有权利，平凡地站在平凡的人群里”（《舅舅和平》）。悲悯是文学高贵的灵魂。对于人生世相中的过往与人事，用情去对待，用有温度的文字来记述，既看到生命的不易，又写出存在的意义，写出人世间的“有情”，是文字存在的价值所在。

“故乡”一直是文学创作非常重要的主题。因为故乡萦绕在作家的少年记忆中，同时，当作家逃离故乡、进入都市之后，现代都市的喧哗又让故乡作为“镜像”而存在，能延展出许多现代性的话题。李卓也注意到每个作家都有自己的“文学领地”，自己的文学故乡。因此，李卓在《麦田月光》中，回到了自己的文学领地“奋斗村”，“以旧时光为纵轴，以故乡为横轴，展开了一幅幅画卷。这些画中，有灰色，有焦黄，有五彩斑斓，也有褶皱和漏洞——它们也许并不美，但它曾经就是这样的存在，我只是用笔去复原它的肌体，它的每个细胞，还它以本来面貌”。以故乡为写作主题，以真实的画卷呈现出故乡的人和事，既是比肩大作家的写作野心，也是一种写作的策略。散文的写作，看似最为简单，然而要出彩，要被人记住，是特别不容易的，它需要作者有对自己独特题材与主题的自觉开掘，对自己写作个性的自觉追求。从鲁迅的《朝花夕拾》、梁实秋的《雅舍小品》、沈从文的《湘行散记》，到近年来有影响的散文如李娟的《遥远的向日葵地》、刘亮程的《一个人的村庄》都是走的这个路径。李卓采用的路径和技巧，是向经典学习的写作姿态，从这个意义上来说，《麦田月光》超越“心灵鸡汤”类的文字，走的是经典文学的正道。

愿读者朋友们都能感受麦田月光的明亮，愿李卓未来的写作道路越走越宽阔。

汤素兰

2020年6月27日

自 序

少年时，我最大的梦想就是当一个作家。当一个三毛那样的作家。

去自己想去的远方，絮絮叨叨讲自己的故事，偶尔会有知音给我写信倾诉衷肠，我也会抽时间给他们回信过去。

源于对文学的热爱，我如饥似渴地读书，也写了很多很多的文章。我曾沉迷于华丽的辞藻，也曾偏爱独树一帜的立意， 我甚至曾经身陷意识流的沼泽地，写一些自己都读不太懂的文字。

大学时，我热切地希望出版自己的一部小说，并为之付出了相当大的努力——所幸我被出版社的老师拒绝了，因为今天回头去看，那部“玛丽苏”小说将把我钉在耻辱柱上，很难下来。

三十岁后，我开始真正思考写作的意义。

写作不是卖弄自己的才学，更不是为了迎合市场，迎合读者。写作最朴素的意义是留住自己的记忆——文学与记忆，几乎从来不可分割。在信息爆炸的时代，我们写作，就是为了保有清净的一隅，可以独自回首，梳理自己的记忆。记忆是珍贵的，如果我们没有擦拭去它身上沾染的灰尘，它会在某一瞬间消逝得无影无踪，而当它真的消逝时，你会怅然，你会落寞。写作的另一层意义是让我们去思考，思考人生，思考时间，思考文化，思考一切事物的价值——倘若这些思考还能影响一部分读者，那它将是一件多么幸福的事！写作的意义还有很多，但它于我而言，有这两个意义已经弥足珍贵了。

于是，我开始尝试着用朴素的文字和朴实的情感来讲故事，来记录自己的心情与思考，我经常把写好的文章与十几岁的孩子们分享。看着孩子们落泪或者欢笑，我突然觉得有了动力，于是一直坚持写作，也就有了这本《麦田月光》。

莫言说，每个作家都应当有自己的“文学领地”，他的文学领地是高密东北乡，韩少功的文学领地是汨罗八溪峒，贾平凹的文学领地是陕西商洛——我写着写着，竟然也不知不觉回到了自己的文学领地“奋斗村”。和大作家相比，我的文学领地微不足道，但是它对于我，却有着无比重要的意义。

我以故乡为横轴，以旧时光为纵轴，展开了一幅画卷。这幅画中，有灰色，有焦黄，有五彩斑斓，也有褶皱和漏洞——它也许并不美，但它曾经就是这样的存在，我只是用笔去复原它的肌体，它的每个细胞，还它以本来面貌。

我不知道《麦田月光》算不算一本好书，但是暂时我比较满意。也希望大家读我的记忆和心情时，能有一丝丝触动。那样我就很知足了。

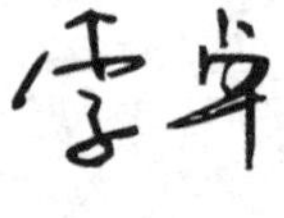

2020 年 3 月

目录

家

暮色苍茫

少年的江湖

何事冬来雨打窗

家

旧时光渐行渐远
他们的身影也在渐行渐远
终有一天
只剩下一点微光或一粒尘埃
但故事永不落幕

他叫李德胜

他叫李德胜。他曾无比自豪地跟我说毛主席曾经用过这个名字，我面红耳赤地跟他争辩过，人可以改名，怎么会连姓也改掉呢？不要胡说八道了。用时下流行的话说，就是“你不要欺负我读书少”。后来，读毛泽东的传记，竟然发现 1948 年中央军委放弃延安转战陕北时，毛泽东竟真的用了“李德胜”这个化名，取意“革命一定会得胜”，而且，在转战的过程中，毛泽东还把他的两个女儿的姓氏改为“李”，即李敏和李讷。

这是他和我争论的问题中极少数是他对了的一个，因为他的学习实在太烂了，以至于我即使在后来知道了是他对了，也没有主动向他承认错误。

我叫他胜哥。我的童年记忆里，最多的就是他。

我家住在学校，一所乡村完小里。完小也就是一到六年级都有的小学——在乡村，有很多小学只有一到三年级或者一到四年级，读完后就要走很远的路去别的村里或者镇上的完小去继续读书。爸爸当年是这所完小的校长，那时候的校长简直光芒万丈，威力无边，所以，即便在乡村，我身上竟然隐约也有点“官二代”的气质，不用放牛喂鸭，不用插秧打禾，还手握全校最多的课外书；更了不得的是我可以与学生们一见就像做贼一样四处躲藏的一众老师在食堂吃饭。或许是我与众不同的气质，又或者仅仅是我们年龄相仿，只差三四岁，胜哥在所有的堂兄弟中，跟我尤为亲近。

他是四伯的儿子，我爸爸是老五。四伯家自我有印象开始就只能用“一贫如洗”来形容——你们可以大胆想象，真的是想得到多穷就有多穷。连三间的土砖房子，一间是厨房兼餐厅兼客厅，靠墙砌着一个土灶，土灶旁是一个柴火堆，柴火堆旁是一张千疮百孔的木桌子，这间房子的墙壁有一大半都是漆黑的颜色，那是烟熏的。隔着一扇破门，和一道当时感觉有半米高的门槛，就是他们家的“卧室”，横竖相对摆了两张床，靠里面的是四伯和四妈的床，靠门口的是胜哥和他妹妹李芳的床，兄妹大一点后本应分床睡，可是哪又有一处摆床的地方呢？“卧室”隔壁，是乡村建筑中必须要有的“陶屋”，面积可能是卧室的两倍，常年四季堆放着打谷机、锄头、犁耙、谷堆等东西，最里面的角落，还圈起了一个窝，那是几十上百只鸭子的家。

陶屋跟卧室中间本来有一扇门，不过不知道什么时候就掉了，四伯用几块不规则的木板把它钉起来封死了，但是木板与木板之间有着宽宽的缝隙，说是缝隙，还不如说沟壑，腿或手轻松就伸得过去。每逢夜晚睡觉的时候，总是能听到窸窸窣窣的鸭子挪动、舒张翅膀的声音，伴随着此起彼伏的鸭子奏鸣曲在这连三间的土砖房里轻舞飞扬。你问我为什么知道得这么清楚，是因为那张他们两兄妹的卧榻之上，我也是常客。

胜哥总是很热情地在寒暑假放假的第二天赶到学校，接我回奶奶家。顺便，要拿几本课外书走，还要积极无比地把我家那台十七英寸的“韶峰”黑白电视机扛几里地带到奶奶家——扛他家是没用的，因为他家直到很多年后才用上电。每晚看到电视台放“晚安”的画面，他一定要拉着我去他家睡觉，由于在奶奶家睡觉甚是无趣，加上又能和他唾沫横飞地讨论电视剧剧情，我便常常受不了诱惑跟他走一里多夜路去他家挤那张小床，听鸭子奏鸣曲。

总是难忘透过木窗棂照下来的皎洁的月光，总是难忘风吹过他家没有一块玻璃只裹着破破烂烂的塑料薄膜的窗户的声响，总是难忘窗外漫天飞舞的萤火虫和胜哥眼中喜悦的光芒……

慢慢地，我们长大了。1997 年，我读初一的时候，他已经初三了。

我们那年随着爸爸工作的调动去了镇上最好的中心小学，第二年住进了崭新的舒适的教师宿舍楼，俨然已经是一个现代化家庭。

胜哥家里还是老样子，还点着煤油灯，没有一件像样的家当。

初三的下学期爸爸为了管教他的学习，接他在我家住了几个月，和我一起晚自习，可是他并没有什么起色。那个时候我已经不太理他了，觉得他成绩太烂，没有共同语言。半夜，他有时会拿了自己的笛子，去空旷的操场上吹奏自学的几首曲子，我很少与他同去，只是在台灯下发呆的时候，隐隐约约断断续续听一会儿夜空中传来的悲怆的悠长的曲调。

初三毕业，他没有考上任何一所普高。我爸找他家里谈，找他谈，建议他上个职高，将来出去找工作也容易些，他第一个否决了。当时，无数初中毕业生如潮水般涌向广州、深圳，也有一批打工仔赚到了在当时看来非常了不起的第一桶金，胜哥说他也想去广州打工，帮家里减轻点负担。

临走前，他叫我陪他去找他暗恋了三年的女同学，名字我还记得，叫吴自芳，住镇上当时最有名气的江北大厦五楼。我陪他去了，在她家门外的长阳台上一起站着聊了约莫半个小时。我不记得当时他是否表白了，也不记得他是不是留下了一封信或者是定情信物之类的东西， 总之陪他去完后我们就匆匆告别了。

一年后，他回来了，穿着一件红蓝相间的很时尚的衣服。他说这件衣服花了三百多，镇上根本买不到，可以两面穿的。我当时心里酸溜溜的，有点嫉妒。

再过一年，四伯像变了一个人一样，不再愁眉苦脸，而是满面春风地在村子里四处宣扬胜哥的好，多么能干，多么孝顺——原有的三间土砖屋旁边，盖起了一栋连五间的刷了白色墙漆的新的平房，都是胜哥打工赚来的钱。去四伯家吃饭时，听着长辈们夸赞他，我心里不知道是什么滋味。

我初三了，他去广州也有了两三年光景。每次只是过年才回来的他，一次因为一件什么事回来了一趟，他回来的时候，我正好放假回奶奶家，正拿着他放在家里的钓竿在池塘边钓鱼。他过来，我淡淡地点头，就算打了招呼。他蹲坐在我旁边，看桶子里可能有三四斤的“战果”，跃跃欲试，问我能不能让他钓一会儿。兴头上的我哪肯让给他，一口回绝了，接下来我们就爆发了争吵，最后我赌气把钓竿扔进了池塘，提着桶子回奶奶家了。夕阳下，我没有回头，也不知道他是否形单影只地捞起了水中的钓竿，静静垂钓。

几个月后，在学校寄宿搞最后冲刺的我接到了妈妈的电话，说胜哥出事了，现在人在广州发高烧，昏迷不醒，满嘴说着胡话，也不知道是哪里的方言。妈妈说爸爸、四伯等几个长辈准备去广州接他回来，在湖南医治。挂完电话后，我暗自嘲笑了他几句，不是挺有能耐吗，一点小病就害得一大家人兴师动众跑广州，真是没用。然后，我就继续回到我的题海世界里去了。

半个月里，我知道他被接回了湖南，并送到了湘雅附二，并在急救室抢救，全身滚烫甚至要靠堆满冰块降温，可我除去一丝丝担忧之外，并没太多的感觉。直到他被接回了家，直到妈妈哽咽着打电话给我说，赶紧坐车去四伯家看看，他可能不行了。直到颠簸半小时走路半小时到他家门外的坪里，直到拖动脚步一步一步走向那人群围着的让人窒息的小屋，直到四妈看见我时痛哭着告诉他我来看他了，直到摸到他滚烫的身躯看到他眼角突然淌下的泪水，心里所有的防线一瞬间垮塌下来，像决堤了的洪水，冲垮了我所有的自尊与骄傲，嫉妒与不满，我哭着喊了一声“胜哥”，得到的却只有满屋子的乡亲们的哽咽声和四妈声嘶力竭的哭喊声——“胜伢，你醒醒啊，卓来看你了你知道吗，你最好的弟弟来看你了啊——”

我紧紧握着他的手，哭尽了所有的力气，直到有人把我扶起来，静静地站在一边。

胜哥，你还能接我回你家过寒暑假吗，还能去我家打电视吗，还能带我去邻居家偷西瓜，去那口池塘边的堤下摸龙虾吗？胜哥，你暗恋的那个女孩有没有给你回信，新盖的连五间房子里，哪间房是给我睡的呢？胜哥，你醒醒呀，你不要睡着啦，你快点醒醒呀！我们吵架了还没和好的，毛主席是用过你的名字我还没承认错误的，借我的书你还没有还的，你怎么就能睡着啦？

即使是多年后的今天，即使是这个深夜，即使是在四五十人的课堂上，每每讲起这个故事，我都会忍不住痛哭出声，不能自抑。

我们总期盼奇迹，希望生活像童话、像神话一样美好，可是现实很多时候是残酷的，少不更事的我第一次那么近距离地触摸了死亡，看着它吞噬一个人的灵魂，拿走他所有的梦想与希望。第二天中午，那间堆满了东西的陶屋中央，摆出了一张竹床，胜哥穿着白色的衬衣，银灰色的西装，左手拿着一把折扇，右手拿着一条手帕，脸色苍白，嘴唇紧缩，安详地躺在上面。那是他穿戴最体面的一次，比穿那件三百多的可以两面穿的衣服更体面。

他曾看过鸭子的水塘边的山林里，从此多了一座没有墓碑的孤坟。送葬的队伍离去之后，我们几个堂兄弟姐妹留下来静静地待了一会儿，我和李芳在坟前栽下一根栀子花的树枝，想留个记号，以后不管什么时候去看他，还能找到那一座矮矮的土丘。

几年后，再去看他时，栀子花的残枝长成了一株郁郁葱葱的栀子树，春天到来的时候，白色的花儿缀满枝头，清香扑鼻。

几年后，再去看他时，栀子花的残枝长成了一株郁郁葱葱的栀子树，春天到来的时候，白色的花儿缀满枝头，清香扑鼻。

茅柴菌的味道

一

爷爷走后，我就再也没有尝过茅柴菌的味道。

恍然发现，原来爷爷走了这么久了。真的好久，久到土砖屋早就变成了楼房，竹林不见了踪迹，以前感觉很宽很宽的路变得狭窄，好大好大的池塘变得小了，叔叔伯伯好多都做了爷爷，村子里半大的孩子再也没有几个能唤出名字，久到泡桐树都换了一身又一身新叶，久到岁月都没有了痕迹。

不知不觉，爷爷离开人世已经十四年了。

前段时间，给学生们讲课，讲到林清玄的母亲做的鳝鱼骨汤，是他一生中最难忘的味道。于是，自己的记忆里一下子溢满了茅柴菌的香味。

二

从我有印象开始，爷爷就很老很老了。

我没有见过爷爷牵着水牛，在夕阳下荷锄而归的情景，也没有见过他大碗喝酒，和邻人谈论收成。从这个意义上说，爷爷都算不上一个农民，他只是一个老人。

是的，他符合对一位老人的所有描述——驼得像一张弓的背，从不离身的歪歪斜斜的拐杖，镌刻着岁月沧桑的古铜色的脸，还有沉默——烟雾缭绕中无尽的沉默，和能让身体剧烈抖动的咳嗽。

爷爷总是坐在柴火灶一旁的火堆前，静静地烧着柴火。煮饭时烧，不煮饭时也烧，火堆上方吊着一个漆黑的铁钩，不煮饭时，铁钩上就挂着一只漆黑的铁吊壶，烧开一壶，又烧一壶。火堆四周围着一圈泥砖，不紧不慢燃烧的柴火下面，满是柴灰。印象中，厨房里只有一个昏黄的灯泡，挂在墙壁上，大约只有十五瓦。暮色四合的时候，这盏昏黄的灯才会亮，与火堆里一簇一簇跳跃的火苗，将这厨房装点成忽明忽暗的橘黄色。

印象中，厨房里只有一个昏黄的灯泡，挂在墙壁上，大约只有十五瓦。暮色四合的时候，这盏昏黄的灯才会亮，与火堆里一簇一簇跳跃的火苗，将这厨房装点成忽明忽暗的橘黄色。

三

爷爷总是在抽烟，一根接一根。

我记得那时候最便宜的烟是“常德”，七毛钱一包，没有过滤嘴的。“相思鸟”和“红豆”有过滤嘴，卖两块一包，“白沙”要卖五块，算好烟了。爷爷偶尔才抽“常德”，绝大部分时间，都是自己裹纸烟。他把我们写完了的作业本，裁剪成一张张方形的纸片，叠放在抽屉里，又买了一大袋廉价的烟丝，装在一个红色的塑料袋子里，放在那叠纸片旁。

他总是耐心地完成裹纸烟的每一道工序。尽管手颤巍巍的，往纸片上撒烟丝时也总是不均匀，但他总是安静而耐心。展开纸片，撒满烟丝，卷起纸片，蘸口水，粘紧——一根烟就制作完成了。爷爷点燃烟的时候，屋子里瞬间就“浓烟滚滚”，由于烟叶间隙过大，每当他猛吸一口时，纸烟就会烧起一团火来。爷爷总是很淡定地把着了火的烟在地上擦熄，然后继续吞云吐雾，继续剧烈地咳嗽。

爷爷抽烟的场景，一是厨房的火堆前，那时的他是沉默的，似垂头合目，似打坐参禅；另一个场景就唯美得多，有星空，有清风，那时的爷爷是健谈的，是渊博的，像极了善讲故事的民间艺人。

那是夏日的夜晚。乡下总是停电，一停电就看不成电视，也吹不成电风扇，闷热得很。每逢此时，叔叔总是打着赤膊，扛起他家的大竹床，往村里的一个大水塘堤上去，这口塘是很大的，像一个湖，力气最大的孩子往里面扔石子，也扔不到塘中心。叔叔把大竹床往堤上一放，我们几个堂兄弟妹就盘腿坐在竹床上，仰头看满天的繁星。我找不出任何修饰词去描绘那片繁星的美，深蓝色的天幕中，镶嵌着那样一片繁星，有的一直亮着，有的忽明忽暗，不要试图盯着一颗星星看，因为它总会突然消失，又仿佛从另一颗星的边上冒出来。水面上吹来的风是无比凉爽的，它能让农民一整天的疲惫消失不见，也让孩子们的思绪随着它飘去星空，又晃晃悠悠跌落下来，落在堤下那片无边稻田里的萤光之中。

我们应该算是见过萤火虫漫天飞舞的最后一代了。蛙声、风声、稻叶摩擦的声音，交织成一首天籁，伴着萤火虫在田野里轻舞飞扬。总有一瞬，我们会痴痴地想，究竟是天上的星坠落凡尘，成了这翩然的萤，还是地上的萤，飞上九天，成了这如诗如画的星？

总是不用多久，堤上的竹床就多了起来，连成一条长长的队列，从堤这头排到那头。孩子们的喧闹声和大人们的交谈声让夏夜欢快了起来，爷爷奶奶也提着小椅子，深一脚浅一脚地过来了。

爷爷这时候成了我们最喜欢的老人。邻近几张竹床上的孩子都凑了过来，不再讲话，静静地听他讲故事。爷爷总是慢条斯理地从口袋里掏出红色的塑料袋子，开始裹纸烟——这个过程特别漫长，可是我们谁也不说话，目不转睛地看着爷爷，直到他划亮火柴，点燃烟。就是在那样的星空下，就是在那样的萤光旁，就是在那样的晚风里，我们看着爷爷手里飞舞的烟头，听他说书般讲了一个又一个故事。

那样的夜晚不再有，那样的故事也被风吹得七零八落，岁月总是在我们的生命里刻下痕迹，又总是把一些东西在我们的灵魂里抹去，悄无声息。

四

爷爷是盼着我们回去的。

父亲很孝顺，总是每个周末带我们回去看爷爷奶奶。路过商店的时候，总会买点肉、排骨什么的。

周末的清晨，当我们揉着惺忪的睡眼醒来时，驼背的爷爷已经拄着拐杖，挎着一个篮子，慢慢悠悠出门了。

太阳爬过山头的时候，爷爷就回来了。依旧是不紧不慢的步子，可是篮子里已经装满了大小不一的蘑菇——大人们叫它“茅柴菌”。

把这些茅柴菌用井水洗干净，待排骨炖到有香味时，再把它们放进去，用柴火慢慢地煨。青色的炊烟就从老屋的瓦片上袅袅升起，穿过屋后的那片竹林，与竹叶尖上晶莹剔透的露珠氤氲出一派诗情。

邻家的小孩子总是闻香而至，爷爷奶奶也总是毫不吝啬地盛一碗给他们端了去，不一会儿，大人们送碗回来，说一些很客气的话，言辞之中也流露出无比的羡慕之情。

因为，只有爷爷总是满载而归——这茅柴菌，生长之处仿佛躲着人们的视野，好多眼清目明的年轻人上山寻它，都找不见，往往是乘兴而去，败兴而回。而爷爷，这个驼背的老人，却似乎熟悉每一处茅柴菌生长的位置，每一次上山，都有收获。

多年后，我在想，这也许是大山给它真正的孩子的一种恩赐吧。毕竟，花开了又落，叶黄了又青，只有这驼背的老人从未离家。

开饭了，洗手上桌，双手恭恭敬敬接过奶奶递过来的茅柴菌炖排骨汤，小心翼翼地用调羹喝汤，不能咂嘴——这是奶奶教的规矩，人可以穷，但一定要得体。奶奶的生活哲学比爷爷的难学，爷爷可随性多了，吃好喝好就行，从不要求我们什么，但他决不敢否定奶奶的生活哲学，我们问他是不是应该这样时，他总是含糊其词地说“是的”。

说实话，我已经忘了那碗汤的味道。

只是依稀觉得，那是此生喝过的最好喝的汤的味道。一勺入口，唇齿留香。可我没有办法去描写它的味道，我只是想到它时，突然……很想，很想我的爷爷。他是一辈子舍不得抽一根过滤嘴香烟的爷爷，他是一辈子都在说子孙好话的爷爷，他是孤独地在柴火堆前抽烟的爷爷，他是在星空下为我们讲故事的爷爷，他离开我们的时候是自己一个人，支开了父亲与叔叔，安详地独自睡去。他总是那么善良，善良到害怕我们悲伤。爷爷走了，带走了黄昏时老树下那个守望我们回来的身影，带走了那片星空，带走了那缕炊烟，也带走了茅柴菌的味道。

十四年，弹指一挥间。爷爷，今晚我用这零零落落的文字想念你。

家

我很庆幸自己生在这个家。

这个家赋予了我人格、习惯、性情、思维，使我有尊严地在人世间活着。

我的家，既不贫寒，也不富裕，是一个很普通的教师家庭。“普通”这个词，对我父母来说，却已经十分不普通。

我的爷爷奶奶是地地道道的农民，四十多岁才生下我父亲，而前面已经有两个女儿、四个儿子了，再后来我叔叔出生，就组成了一个庞大的家族——八兄弟姊妹。在那个时代，这一大家子人是怎么活下来的，简直不敢想象。

我父亲是八兄弟姊妹中唯一读书出来的——完整地一直读到了高中。父亲无数次在饭桌上跟我和弟弟回忆他的学习生涯，为了赚学费，少年时的他跑遍了邻近几个乡镇的池塘去钓青蛙，去生产队偷塑料送废品站，带着叔叔去几十里外的凤凰山挑梨子回来卖……有时自己赚不够，爷爷就挑一担青砖送去学校抵学费。就这样一直熬到考上高中，却在高考那年，被一个所谓的资格审查挤走了名额。大伯冲到学校一通怒骂，结果当然是无济于事。于是，高中毕业的父亲，为了谋生，学了一门手艺，成了一名油漆匠。

有一天，他正在一户人家刷油漆，一个高中同学跑来告诉他，教育办马上要招聘民办教师了，要他赶紧去准备，父亲扔下油漆桶就往家里跑，拿起书本恶补了几天。后来他才得知，村里其实早就收到通知了，但是当时的干部自己有一个高中毕业的儿子，由于担心名额不多，就故意瞒下来没有通知他。到他得知消息那天，那个干部的儿子已经在家复习一个多月了。

命运最后很奇妙，我父亲如愿考上了，那个干部的儿子却落榜了。

我母亲高中低我父亲一届，也是这一批考上民办教师的，后来分配在同一个学校，他们就这样相识了。

后来的故事，就简单了很多。父母从相识到相恋，后来结婚，然后有了我。由于父亲本身能力很强，一手文章写得好，又写得一手好字，二十几岁的他，就当上了村里完小的校长。所以打我有印象开始，我父亲就是一个备受尊重的校长了，我妈也是一个老师——别人都说我的命真好，生下来就吃“国家粮”，以后工作还不愁，可以“顶职”。

但是这份平静被我弟弟打破了——弟弟的出生，违反了计划生育政策，意气风发的父亲被撤职了，成了一名普通的老师。那几年，是我见过父母最努力的几年，尤其是父亲。由于学历文凭不够，为了转正，他们参与了各种当时我听不懂的“函授”“进修”“自考”之类的学习，每天早晨天才微微亮，父亲就捧着一本古文书籍，用方言唱读着，踱着步子出去了；太阳升得老高的时候，他已经沿着学校外的山转了一圈，回来了。除了应考方面的学习，父亲还勤于练字。当时，教育办给每个老师下发了几个描红本，要求每个老师练习基本功，定期要检查，我记得当时许多老师是怨声载道的，觉得是形式主义。唯有父亲，把自己的几个描红本全写完后，还主动去问别的老师有没有没写的。最后，皆大欢喜，大家都把崭新的描红本送我家来了，父亲帮他们全写了。

父亲过了好几年普通乡村老师的日子，但是我从未听他有过抱怨。父亲如是，母亲亦如是。多年后，我在想，父亲也许是把所有的郁愤和不平都寄托于书法和二胡里了吧——父亲写毛笔字的时候是无比专注的，拉二胡的时候也是神情凝重，沉浸于自己的世界里。我的记忆里总是有这样一幅画面：黄昏日暮的时候，父亲身板笔直地坐在一把椅子上，他的身后是一个草坡，草坡后是学校的围墙，围墙外，是一个恬静的村庄。父亲自学了《二泉映月》《赛马》等名曲，一遍又一遍地拉，以至于我几乎能完整地哼出它们的曲调。少年时的我，也隐约能透过这悲怆的二胡声读到一点父亲的心事。

后来，父母调去了镇上的中心小学。我进初中的时候，父亲为了管我的学习，也申请调进了初中。但是，这个举动，却成为我和他关系恶化的主要原因。

就像风筝，你越想拉紧，它越想挣脱。

我变得越来越叛逆，十分反感生活在父亲的“监视”下，然而，我又不敢对抗父亲的威严，转而把火发在了母亲身上。

我的母亲是一个脾气极好的女性，几乎从未动手打过我和弟弟。母亲很久之前就得了甲亢，身体不太好，医生说她不能情绪激动。前面的十多年，我与母亲的相处都是极好的，可是随着我越来越叛逆，就经常出现和母亲顶嘴的情况，而这，是我们家规里的大忌。

某天清晨，当我因为一点琐事怒摔杯子对母亲大吼时，父亲从卧室冲出来，暴跳如雷，把我狠狠揍了一顿。其实，从小到大，挨父亲的揍不算少，但是这么愤怒的一顿揍，是第一次。尤其使我觉得难堪的是，父亲揍我的时候，对着门口等我去上学的两个同学说：“你们去上学吧，不用等他！像他这样连母亲都不尊重的人，还读什么书！”两个同学看了我一眼，默默地走了，那一瞬间我只觉得颜面无存，十分痛苦。

等母亲去教室里带晨读，父亲回卧室继续睡觉的时候，我心里的情绪全变成了无穷的愤怒和委屈，我记得当时心里只有一个声音，那就是“我要离开这个魔鬼，离开这个魔窟”。于是，我收拾了一些衣服，带上了自己存了几年的零花钱，决定离家出走。

镇上有一个小火车站，有一列绿皮火车每天早上九点和傍晚五点会停靠，其实我也不知道它去向哪里。那天，七点多，我就一个人去了月台，沿着空荡荡的铁轨一遍又一遍地来回踱着步子。时隔多年，我依然记得那条延伸向远方的铁轨，记得月台上那棵枯黄的梧桐树，记得落叶与地面的摩擦声响，记得天边飞过的一只孤鸟。我不知道自己要去向哪里，只知道自己一定要离开这个“惨无人道”的家。等待的时间很长很长，我甚至渐渐想好了自己会住在哪座天桥的桥底，甚至决定了自己以后以卖字为生——今天来看，脸皮挺厚的，但是当时真的就是这么想的。

含着愤怒、委屈、憧憬、惶惑等复杂的心情，我终于等到月台上的人渐渐多了起来，有挑着两麻袋猪崽子的黑壮汉子，有扛着编织袋的务工青年，有打扮精致的一家三口……我和他们相互之间都是陌生的，谁也没有过多注意我，谁也没有察觉，有一个少年的内心竟裹挟着如此复杂的情绪。

时隔多年，我依然记得那条延伸向远方的铁轨，记得月台上那棵枯黄的梧桐树，记得落叶与地面的摩擦声响，记得天边飞过的一只孤鸟。

随着一声长鸣，绿皮车“咔嚓咔嚓”地从远处驶了过来。人们纷纷起身，抓紧了自己的行李，作势准备挤上火车。我混在拥挤的人群里，准备开启自己另一个篇章的人生。

“咻——”陈旧的绿色的列车终于停稳了。车门“吱呀”一声打开，人群顿时挤成一团，下车的人一边呵斥着“挤什么挤，没看到人还没下车啊”一边奋力扒开人群往下面突围；上车的人也抱怨不止，人群里，小孩子的哭声、麻布袋里猪崽子的尖叫声、妇人们的喧闹声黏黏糊糊地缠在一起，让人有一种说不出的厌恶。

过了好一会儿，下车的人终于下完了，车门处却更加拥挤了，每个人都在奋力往车里钻，我小小的身板就随着人群左摇右摆，像一棵被潮水没过头顶的小草，正在等潮水退去的时候重见阳光。

突然，一只有力的手抓住了我的手腕，我本能地回头望去——是母亲！是眼眶红红的泪流满面的母亲！她什么也没说，就这样，紧紧地抓着我的手把我往回拖。我想挣扎，但是却无力挣扎，我从来没想过母亲有这么大的力量，这股力量一瞬间击垮了我所有离开的信念，我甚至心疼起她来。

就这样，被母亲一路牵着，穿过不算喧闹的老街。打铁铺里传来有韵律感的“叮——当——叮——当”的敲击声，摩托车从积着水洼的街道上疾驰而过，阳光已经铺满了整个小镇。回到家里，我看到了沉默不语的父亲，和他面前一地的烟头。

叛逆的我，重重关上了房门，把自己蒙进了被子里。屋里出奇地安静，父母都没有说话，也没有逼着我去上学。

接下来长达一年的时间里，我没有开口叫过一声父亲。他们一直试图改变这个局势，一年时间里，家里请过很多客人，包括我的各个叔叔伯伯，各个时期的老师，可是只要有人打开话匣子，准备劝诫我，我立马就起身，端着饭碗进自己的房间。

若干年后，每当回忆起这一年，我总是十分后悔，我用自己的无知和叛逆折磨了父母一整年！所以，后来我也一直在想办法弥补，也一直在用这个故事和后来的悔恨跟叛逆期的孩子们交流，希望他们别犯类似的错误。

那件事情发生的第二个深秋，我记得是某个周末的下午，我提着煤炉子进了卫生间——浴霸坏了，卫生间很清冷。等我洗完澡换完衣服准备出去时，突然间感觉头一沉，人有点昏昏欲睡，我想抬手去开门，可是怎么样都动弹不了。紧接着，我眼前一黑，栽倒在地上。

等我醒来的时候，我发现自己躺在床上，门窗全都开着，母亲担心地守在我边上。后来我才知道，是自己缺乏常识，导致煤气中毒了，是父亲听到响动，踢开门把我抱了出来。待回过神来后，母亲端过来一杯茶，小声地对我说："卓儿，你去给你爸爸送碗茶吧！他今天差点急哭了。"我犹疑了一下，没有接话。母亲接着又劝说道："你也一整年没叫你爸爸了，不如今天和解了吧，难道你还想一直维持这样的关系吗？"这时候，我看见了母亲眼睛里闪烁的泪花，想到了自己刚从鬼门关转了一圈的可怕，继而想到，如果自己真的就这么走了，岂不是留下永远不能抹去的遗憾？突然，内心生出许多歉疚来。我接过母亲手中的茶杯，朝客厅走去，父亲坐在那里，依旧十分沉默——这个家里，真的很久没有出现欢声笑语了。我喉头有些哽滞，从父亲的身旁把茶递了过去，用自己都听不太清楚的声音说了一句："爸，喝茶。"父亲的身子颤抖了一下，他没有正视我，只是把茶接过去后，"嗯"了一声。

我一直没有求证过父亲当天是否流泪了，因为他一直教我和弟弟的是：男儿有泪不轻弹。

无论如何，这个事情成了我和父亲之间关系的分水岭。从那时起，一直到如今，我们都十分和睦，极少再有不愉快。

多年后，我曾不经意间在书房看到过父亲的日记本，里面写了很多他的心事，有关于爷爷奶奶的，关于母亲的，关于我和弟弟的，也有关于他自己的，那时我才明白，向来大男子主义的父亲，向来骄傲的父亲，内心也有着十分柔软的部分。我想，我真正完全理解父亲，应该是从那一天开始。

父亲是家里的顶梁柱，是绝对权威，母亲永远都是笑盈盈地站在父亲身旁。

我和弟弟都不怕她，因为她几乎不打我们，而且，真要打我们的时候，我们撒丫子就跑，她也追不上。我们一边跑一边回头做鬼脸，她就会笑得直不起腰来，战火硝烟一瞬间就消散得无影无踪。

与父亲相比，母亲从来不说教，甚至好像没对我们讲过一句人生哲理。她只是在我们三父子开“晚餐论坛”的时候，默默地在厨房洗锅，在卫生间洗衣服。尽管如此，我依旧认为母亲是全天下最伟大的女性，她符合中国文化里一个优秀女性的全部定义，她善良、孝顺、勤俭持家、大方、谦和，几十年如一日为这个家付出着，任劳任怨。母亲和父亲几乎从来不面红耳赤地吵架，每次吵几句她都会“笑场”，所以小时候教师队伍里评“五好家庭”我家年年有份。我和弟弟固执地认为这基本都是母亲的功劳，虽然父亲并不服气。

去年，母亲已经光荣退休了。教了几十年书，终于可以休息一下了。拿到“光荣退休”的荣誉证时，母亲拍了一张照片发朋友圈，写的话不多，但我料想她内心一定颇多感慨。

小时候，我一直觉得父母对弟弟远比对我好，也甚至一度怀疑过自己是不是亲生的。无论我和弟弟之间发生什么样的争执，父母就是一句话：“你比弟弟大那么多，让着他点不行吗？”其实也没大好多，四岁而已。记得小时候和弟弟吵架，我总会说：“就是因为你，爸爸才当不成校长，我家才这么穷！”弟弟反唇相讥：“那要是没生你，我家肯定好过多了。”

弟弟对不起我的事至少有一件，有一年暑假，我们两兄弟蹲在学校走廊里玩，我聚精会神地埋头拼装着什么，他悄无声息地扛起一个打气筒，照着我的头就来了一下，把我打晕在地上，睡了足足有几个小时才醒来。醒来后我气不过，去父母那里告状，母亲却为他辩解：“气筒那么重，你弟弟哪里扛得起！”弟弟在一旁附和：“就是，就是。”

但我对不起弟弟的事起码有两件，一是某个暑假，母亲给了我几块钱，让我带弟弟去理发，途中我拼命给弟弟做思想工作：“不如我们去买冰激凌吃吧，理发还不容易吗？哥给你理！”弟弟用十分怀疑的眼神看着我，问我到底会不会理发，我拍着胸脯告诉他当然没问题，然后拖着他把这几块钱“挥霍”掉了。

吃完好吃的冰激凌，总得回去交差，我就拉着弟弟回学校找了一个僻静处，给他有模有样地剪起了头发。流程什么的应该都对，但是剪出来的效果却有点不尽如人意——弟弟的头被剪成了一个癞子，而且是那种无可补救的癞子。他看到镜子的那一刹那，“哇”的一声大哭起来，直奔母亲那里去告状。母亲见到他的时候愣了一下，继而笑到眼泪都出来了，也没有骂我，只是一边安慰着弟弟一边拉着他去了理发店，剃了一个鸭蛋一般的光头。弟弟为此恨了我好几天。还有一件对不起他的事，是我读高中的时候，“诈骗”过弟弟一笔零花钱，说过下个月还他，但是后来以“你吃过我多少零食”“你弄坏过我几个玩具”等理由赖掉了。

印象中，从我进高中开始，就没有和弟弟吵过架了——当然，也与他逐渐长得比我高半个头有一定的关系。弟弟大学毕业后，去了上海打拼，后来自己经营一家公司还不错，也组建了自己的小家庭。

今天，我和弟弟都应该是父母引以为傲的孩子。自力更生，艰苦创业，都干出了还算不错的成绩。给父亲买车，给家里添置家电家具，经济上反过来成为了家里的后盾。逢年过节回家的时候，我们三父子会在一起喝酒，两个媳妇会陪母亲收拾家务。有一次，父亲笑着说：“我们这种家庭，没一点商业基因的，竟然还出了两个老板，真是不可思议！”我没好气地说：“还不是你一天到晚说家里穷，只能养我们到十八岁，把我们给逼出来的。”弟弟在一旁附和道：“就是，就是。”

这就是我的家，一个我喜悦时想去分享的地方，一个我悲伤时想去小憩一下的地方。对于我和弟弟来说，家就是彼岸，家就是港湾，累了，就回到这里来听一曲人间烟火味浓郁的乐章；老了，我们也要回到这里，埋葬在父母的身旁。

家就是彼岸，家就是港湾，累了，就回到这里来听一曲人间烟火味浓郁的乐章；老了，我们也要回到这里，埋葬在父母的身旁。

二伯

我有好几个伯伯，其实待我都很好，但是，我却和二伯最亲。

写这篇文章的时候，我就在想，我是什么时候起和二伯最亲的？二伯为什么会让我觉得亲呢？以至于我大学还未毕业的时候，就拍着胸脯对二伯说，您这辈子都不用操心，我以后会养您的。

好像从来没有去想过缘由。可是提笔要写二伯的时候，一些回忆就渐渐浮现出来。

我们小时候，最盼的是三个日子——生日、六一儿童节、过年。因为这三个日子，我们有机会买新衣服、新鞋子，还有机会得一笔可观的零花钱。三毛曾经在一篇散文里写过：那种偶尔才得的喜悦，是不同凡响的。现在的孩子们不会特别期盼某个日子，原因就在于很多东西对他们来说不是偶尔才得，而是唾手可得，所以就不必等待，不必期盼。

当年，这三个日子都能同时得到礼物和零花钱的家庭其实还不多，绝大部分农村的孩子还只有过年时才能添一身行头，相比之下我还是幸运的。

生日和过年就不必说了，提一下六一儿童节吧。那时，六一儿童节是一个盛大的节日，学校提前一个月就会组织文艺会演的排练，每个班都有一个节目，说来大家可能不信，我一直都是文艺骨干——不过，也有可能是因为我爸是校长，所以老师特别关照吧。六一儿童节那天，家长们都会来到学校观看文艺会演，操场上可谓人声鼎沸，热闹非凡。操场中央，会用课桌临时拼一个大的舞台，盖上红毯，没有音响、灯光，所有的伴奏全靠一台钢琴，由一位才艺出众的音乐老师从头弹到尾。尽管条件简陋，也丝毫不影响这个节日的隆重——小商贩会来好多，有的是挑的货郎担子，有的是推的自行车，后架上绑着一个箱子，卖玩具的、卖桃子的、卖冰棍的，卖各种零食的都有，平时这些人都不会来，因为学生们实在没有消费能力，但是六一儿童节这天，家里多少都会给点零花钱。

在我有印象的第一个儿童节，二伯来回步行了十来公里，去镇上给我买了一件礼物。可是送来我家的时候，我妈差点没笑得岔气。因为二伯送给我的礼物，是一条粉色的连衣裙。同样笑得前俯后仰的我爸问二伯，为什么会买条裙子，二伯说，我以为跳舞都是要穿裙子的。后来这条裙子转送给谁我也忘了，但是当时幼小的我心里是感动的，毕竟，这是伯伯中第一个给我送儿童节礼物的。

渐渐长大的时候，爸爸会跟我和弟弟讲他几个兄弟姐妹的故事。爸爸总说，你们要记得二伯的好。二伯比爸爸大了十几岁，年轻的时候，在镇上的供销社工作，我爸说，小时候他们最盼着二伯回家，因为他回来，总会偷偷带一点好吃的回来，在那个物资极度匮乏的时代，一块扣肉都是人间美食。二伯是无私的，他总是能想着家里的弟弟妹妹。我爸是二伯最会读书的弟弟，后来考上高中，再后来参加工作，用的盆、桶子、军鞋、毛巾等，都是二伯给的。我听我爸讲过他们那个年代完整的故事，所以知道这些物品的价值和心意，也就和二伯更为亲近了。

当然了，还有更重要的原因。小时候，我特别爱玩水，对清澈的溪水、池塘、江河简直就是迷恋，打一双赤脚，踩在绿茵茵的青草上，嗅着空气中清新的气息，极目之处是青山、田野、屋舍，真是有着说不出的欢喜。而所有的长辈都是反对我们玩水的，除了二伯。

那时候，我们几个堂兄弟总是会去二伯那里磨叽，要他带我们出去放丝网、钓鱼、捉虾。二伯家里，这些装备是最齐全的——抓黄鳝的毫子、网鱼的扳罾、抓虾的笼子……啥都有。他的房子后面还有一块地，养的是蚯蚓，随便用锄头一翻就有很多，不需要我们到处去挖。在我的印象里，二伯对我们是有求必应，

小时候，我特别爱玩水，对清澈的溪水、池塘、江河简直就是迷恋，打一双赤脚，踩在绿茵茵的青草上，嗅着空气中清新的气息，极目之处是青山、田野、屋舍，真是有着说不出的欢喜。而所有的长辈都是反对我们玩水的，除了二伯。

只要我们放假回去了找他，他就整理一套“装备”带我们去玩，教我们放丝网，教我们钓鱼，总是那么慈祥，总是挂着笑容。

奶奶曾经笑着跟我们说，你们二伯小时候就是一只水猴子，一天到晚泡在水里玩的，现在一把年纪了，也还是玩性不改。

也许，二伯让我亲近的理由还有很多，不过有这么几个理由已经足够了。

回头来想，二伯是活得很通透的一个人。其实他一辈子都过得清贫，年轻时妻子就离开了他，唯一在身边的一个儿子，是我此生见过的最不幸的人——三十多岁确诊为尿毒症，靠透析维持生命，紧接着妻子又被确诊为直肠癌晚期，匆匆离世，留下一双聪明漂亮的女儿。即便是这样的生活，我也从来没有听二伯发过一句牢骚，叫过一声苦。他一辈子唯独喜一口酒，每天吃晚饭时都要喝一杯，然后到我家或者叔叔家坐一坐，累了要打盹的时候，就打着手电筒晃晃悠悠地回家。

我从来没去问过二伯的年纪，也不知道他的生日。只是，近两年，发觉他变成一个老人了。他扛着锄头来我家菜地里种菜的时候，步子不再稳健了，酒精也让他的牙口变得不好，迫于无奈去年开始戒酒了。我的工作太忙，回老家的次数不多，说好的养二伯好像也没有兑现——尽管每次给他的钱都上千，尽管他也很感谢，总是说很客气的话，但是我终究是愧疚的。

到今天为止，我应该算是二伯的骄傲，想到我，他心里应该总觉得是一种慰藉，因为这是一个和他很亲的侄子。只是，我止不住地觉得歉疚。

果 子

婶婶骄傲地说："果子的歌唱蛮好咧，真的，跟歌星一样的。"

于是，大家就怂恿果子唱一首。果子脸上挂着奇异的笑，笑里掺杂着开心与羞涩，像一个五六岁的小孩子。

乡村家庭 KTV 的音响条件一般，但是果子真的唱得很不错——虽然都是一些滥大街的口水情歌，但是我觉得他唱得很深情，一点都不做作。

不敢相信，果子也三十岁了。

果子姓李，厚字辈，全名叫李厚果，是我的堂弟。

小时候，果子是我的跟屁虫，只要回老家，他总是跟着我玩。他话不多，特别老实，长相也很普通，唯一一个小缺陷就是他的鼻子。果子打出生起鼻子就不太通畅，去医院治过好像也没啥结果，所以鼻子呼吸时声音比一般人的要大，奶奶经常笑他像"护食猫公"。

我很喜欢钓鱼，日暮的时候，我总是喜欢去村子里找一口池塘，静静垂钓。

往往这时，果子就蹲坐在边上，神情严肃地盯着浮漂。有时候运气很差，一条鱼都不上钩，有时候运气很好，连钓五六条大鱼——为了不被守鱼塘的瘸腿老伯发现我们钓了大鱼，果子总是把鱼裹进自己的背心，紧紧地抱着，一溜烟跑着送回去，一趟又一趟，乐此不疲。那种感觉是很紧张刺激的，那也是果子和我最美好的童年记忆。

果子进初中的时候，我已经进高中了。

大了，在一起玩的时间就少了。我是属于学习好的，他是学习不好的，某些东西就成了横亘在我们之间的一堵墙，沟通也变得艰难起来。于是，就有几年变得生疏起来，回老家后也并不在一起玩了。

突然有一天，我接到家里的电话，说果子不见了。叔叔和婶婶哭红了眼睛，到处寻他，找了整整三天，然后在隔壁乡镇的一个村子里找到他了，灰头土脸的，正在一户好心的人家吃着饭。

从这天开始，果子就疯了。

他回来后，就是一副很惊惶的样子，说再也不去学校了，有人要打他。可是不论谁去问，到底是谁欺负了他，他却再也不说一句话。家里的长辈去学校了解情况，最后也是无功而返。果子到底遭遇了什么，至今仍是一个谜。

若干年后，我才真正了解校园欺凌带给许多孩子的伤害。孩子们在保护自己、对抗欺凌方面受的教育太少太少了，而这也是家庭教育和学校教育的一个缺失，被欺辱的孩子们不敢开口，或者开了口也未必能得到真正的帮助，所以绝大部分的孩子都选择了默默承受。到最后，这些孩子轻则内心自卑、怯懦，重则抑郁、精神分裂。

果子后来就是被确诊为精神分裂。

他辍学了。成天傻笑着，时不时自言自语，抽着烟，漫山遍野地走，白天出门，晚上才走回来。一开始叔叔会悄悄跟着他，后来也只有忍着泪水不管了。

果子的病情变得越来越严重，有一次，他动手打了二伯。果子已经长得牛高马大了，蛮力又足，叔叔也奈何不了他了。眼看着家里是待不下了，毕竟他有了暴力倾向。那段时间，叔叔来我家里说果子的事，总是还未开口，眼泪就簌簌地流，大颗大颗的。我们看着只觉酸楚，却又无力。

全家人终于做了一个狠心的决定，把果子送去了精神病医院。我亲眼见到了果子在医院大厅的挣扎，亲眼见到了叔叔在医院大门口哭成了一个泪人儿，像一个犯错的孩子。此后的几年，果子就辗转于几个医院，叔叔耗尽了自己的积蓄，到处寻医问药——听说辽宁有一个医院不错，从未出过远门的叔叔甚至

果子真的唱得很不错——虽然都是一些滥大街的口水情歌，但是我觉得他唱得很深情，一点都不做作。

把果子送去了那里。

从果子和叔叔身上，我看到了人世的艰辛，看到了亲情的伟大，看到了“希望”对于一个活着的人的意义——就像一个溺水的人，对那根稻草的感激，就像一个久处暗夜的人，对那一束光的幻想。

所幸，故事第一个篇章的结局是好的，起码对于叔叔，对于果子，已经是一个万幸的结局。果子回来了，不再暴力，只是脸部肌肉有一点条件反射式的笑意，也不出门到处走了，只是每天在家里看电视，一根接一根地抽烟。

他的姐姐，也就是我的堂妹在去年终于结了婚，生了孩子。果子做了舅舅，叔叔婶婶也终于了却了一桩心愿，久违的笑声终于在他们家里回荡了。叔叔在客厅里装了一套 KTV 设备，每天，果子就在家里学着唱歌。

“我们还能不能再见面，我在佛前苦苦求了几千年……”

果子给我们表演唱歌的时候，我们都拍手叫好。只是，婶婶言语中的骄傲，叔叔脸上的幸福，不知道果子有没有感受到。

外 婆

我花了很长时间去构思如何写我的外婆，却始终难以下笔。

不是外婆的人生多么传奇，扑朔迷离得如双枪老太婆那样剧情复杂，也不是外婆的人生平淡到没有一点可以回味的碎片，而是外婆的形象太过立体、多面，难以找一个恰到好处的点切入。印象中的外婆，有时像一阵暴风骤雨，有时又静若止水，有时如祥林嫂般啰唆，有时却又如苏格拉底般博学。对，就是这个农村老太太，是我绞尽了脑汁想写的亲人。

你们有没有看到过这样的一种教育方式——当小孩子和别人打架，哭哭啼啼回来时，长辈怒目圆睁地呵斥一顿后，冷嘲热讽地说："威遭了啊（方言音译，大意为丢人），连他都打不赢，他抓你也抓撒！你一个扫堂腿，再把他推到地上，这都不会啊？真是威遭了！"是的，这种另类的教育方式就是外婆对我使用的。

如换了父母，必然是批评我一顿，甚至领着我上门去主动道歉，不管胜负如何。即使不批评，最起码也会耐心地跟我说说与人为善、不可以打架的道理。

然而，只有外婆的教育能让我迅速安静下来，不再好意思哭啼，甚至还会仔细回想外婆口传的扫堂腿、龙爪手招式——尽管在下次打斗中依然不太奏效，可是不知道哪来的信心让对手明显多了点紧张。

后来我也渐渐明白了外婆并非一个好的功夫教练，为避免继续被她嘲笑，我反倒在童年时期不打架了，这也算是外婆生平众多教育案例中可圈可点的一个歪打正着的成功故事吧。

除了教打架，我游泳也是外婆教的。

外婆家门口，是一条大马路，路面没有水泥没有柏油，只有大小不一的碎石头和细细的黄沙。有大风吹过，或有轰隆隆的拖拉机飞速开过时，黄沙和灰尘就漫天飞舞，所以外婆家前坪的一排树上和丝瓜藤上总是积满了灰尘。爸爸素不喜住外婆家，觉得灰尘多，妈妈却经常送我们过来住，毕竟来外婆家走路也就半小时，一天打几个来回也是很容易的事。

我喜欢在春夏季节去外婆家，最大的原因是，穿过马路后，在一片绿油油的稻田间的一条小路上步行两百米，就能到达一条江。这是我童年记忆里，非常重要的一条江。每当太阳徐徐落下，清凉的风吹走一天的炎热时，我总会和小伙伴们奔向这条江。

一座有五个石孔的小桥，连接起江的两岸。小桥下面，搭着三四块从岸边伸向江里的青石板，那是供妇人们洗衣洗菜的。下游不远处，长着一片像芦苇一样的植物，因为它们的存在，水流到了桥下就缓了下来，并把两岸冲得稍宽了些，桥下的这一段江反倒就有点像一个水塘了。岸边有一块河堤光秃秃的，泥泞不堪，旁边只长着一棵不高的小树，树皮褶皱，这是村民拴牛的地方。那时候的江水，是清澈见底的，从桥上可以看见水底成群结队游来游去的鱼儿，不论是钓，还是用一些小网笼子去捞，总能有些收获。

每到傍晚，这座石桥下，就是一个真正的天然的水上乐园。几十个穿裤衩或者直接光着屁股的小男孩和小女孩从桥的栏杆上高高跃起，跳进江里，溅起一两米高的水花，江里的孩子们欢快地打着水仗，呼喊声嬉笑声连成一片，似是演奏着一曲不能更欢快的人间乐曲。岸边青石板上的妇女们只管洗着自己竹篮子里的衣服或者青菜，棒槌有节奏地拍打着衣服，在江的两岸回荡。

每次我去江边，只是绕着青石板附近不出两米远的水域走过来，走过去，当然，有时也会装模作样地手按着浅水底的沙地，两只脚用力扑腾，显得自己也是个浪里白条，水性好得很。然而，外婆对我在水里的作为极为不满，她总是背着手站在桥上，大声地冲我喊："要像他们一样游！不要只会玩水！游泳

一座有五个石孔的小桥，连接起江的两岸。小桥下面，搭着三四块从岸边伸向江里的青石板，那是供妇人们洗衣洗菜的。

是要学会的！”这时，我会昂起头看着外婆，问她：“那该怎么游？我不会！”外婆就在桥上用两只手比画起来：“你的手要这样去刨水，用力地划。”她像抱西瓜一样，一个一个往肚子底下滚，姿势非常可笑，可她严肃的神情又让我不敢笑，“你的脚就这样用力蹬。”她用手扶着栏杆，短短的腿一下一下蹬给我看。在那样一个热闹嘈杂的环境里，外婆亲自为我分解游泳要领的画面至今清晰地留在我的脑海之中，滑稽，而又美好。

后来，我真的学会了狗刨，里面有没有外婆的功劳我不知道，大概有一点吧，不过最多一点点——因为外公后来告诉我，外婆根本不会游泳，她从来没有下过水。

在我三四岁到十一二岁的记忆里，外婆的嘴皮子是无比厉害和狠毒的。和平舅的几个子女中，挨骂最多的应该是二女儿湛嫱，由于干家务不勤快，外婆总能像说书人一样持续一二十分钟地骂，骂着骂着，竟骂出了跌宕起伏的情节，时而平缓，时而急促，时而如万马奔腾，时而如闺中幽泣。而许许多多做人的道理，竟也被外婆骂出来了。湛嫱后来是他们几兄妹中成绩最好的，从小到大几乎就没让第一名旁落他家，读大学时她写过一篇文章，里面写过外婆对她说过的一句话——其实应该是骂的一句话，要她没有带伞就快点跑，后来反倒成了她一辈子的人生信条，越是艰难越是不屈不挠。写到这儿，我忍不住打电话给湛嫱，要她找一找那篇文章，想把它附在这篇的后面，算是另一个角度对外婆的诠释吧。

至于一众外孙里，被骂得最多的就是我了。原因有两个，一是小时候我去外婆家太多，被骂的概率无形中大大增加；二是我确实太气人，想不挨骂都难。为抓几条小鱼整坏了一个又一个竹簸箕，为和小伙伴们厮混趁通信不便利两头骗人，为了几个野果子的诱惑差点把命送在江里——这个故事本来想单独讲述，想一想不如就在这里写下来，因为这个故事最后的终结者就是外婆。

那是1995年的夏天，我读小学五年级，前面说过我学会了游泳，但时间应该在这之后。那一天，骄阳似火，酷热难当，我和一群小伙伴就去了江边玩耍，由于桥下那一段比较开阔，没有太多树木遮阴，我们就找了桥的上游一段两岸都是大树的阴凉处。时值盛夏，许多不知名的树上已经长出了累累果实，虽然依旧青涩，但对百无聊赖的孩童们来说，这都是不可抵御的诱惑。会爬树的小伙伴噌噌噌爬上树，摘下一把不知名的果子，五六个人每人分一个，在清澈的江水中洗完后一尝，发现挺好吃。再央求他去摘时，他不乐意了，说又没一点好处，不爬了。伙伴们问他要什么好处，他说没报酬起码也搞点小节目啊，比方说谁下水试试这一截江水深浅，不深的话大家一会儿一起蹚过去。当时我们那五六人里，水性好的没有一个，其中还有一个是我的亲弟弟，只有五岁大，他提议完后，没有一个人响应，大家都你看我我看你的——这时，虚荣心极强的我感觉机会来了，每个时代都是需要英雄的，而我就应该是那一刻挺身而出的英雄！说完“我去”之后，我挽起裤腿，在众人钦羡的目光中，一步一步走向江中心。

清凉的江水轻轻亲吻着裸露的皮肤，凉丝丝的，感觉非常棒。我一边走，一边回头朝岸边的小伙伴们做着鬼脸，还炫耀似的嘲笑他们不敢下水——只一瞬，突然，我脚底一滑，感觉整个身体不受自己控制了，猛地向水底一个深坑沉去——后来我才知道那是人们在江里挖沙时留下的沙坑，一般两三米深，直径不大，但淹死一个水性不好的小朋友绰绰有余——我奋力扑腾，脚拼命往下蹬，想冲出水面，可是看似缓慢的水流却仿佛有着无穷的力量，让我的每一次扑腾、划水都变成了徒劳。水开始灌进我的鼻子、嘴里，我开始没有办法呼吸，呛得无比难受，我拼尽全力昂起头，向岸边的小伙伴们呼叫“救命”，隔着溅起的水花却看到他们扭动身躯狂笑的样子——后来我才知道他们以为我是在恶作剧，故意装作被淹。其中笑得最厉害的就是我的亲弟弟——那一瞬间，我感觉死亡已经就要把我带走了，在水中窒息的感受我这辈子都无法忘记，仅仅八九岁的我，在筋疲力尽即将放弃挣扎的几秒钟里，脑子里像放电影一样回顾了自己短暂的一生，甚至连没完成的心愿，对不起父母这样的想法都飞速地一闪而过。再见了，这个世界，再见了，我的亲人！我停止了扑腾，痛苦地等待死亡的降临。

突然，一个有分量的物体触碰到了我的身体，我不知道哪来的力气下意识地抬起手紧紧地一把把它抱住，借助它的浮力抬起了头，呼吸到了空气。惊魂未定的我看见了这是一捆被草绳绑紧了的稻草，它从上游无意中漂流而下，救了我一命！扶着稻草，我的脚尖不敢再往下探，慢慢地随着水流漂到了桥下，然后顺着桥身上的小洞爬了上来。

我郑重地跟所有小伙伴们讲了生死攸关的那一段心路历程，也看到了他们由天真无知转为惊恐愧疚的眼神。果子自然是不再吃了，我们随便玩了一下别的就各自回家了，临走前我特别交代他们千万不能跟任何人提起此事，因为自己也害怕被大人知道了。在我们小时候，淹死人的新闻屡见不鲜，大人除了在特定的时候，才会允许小孩去特定人多的水域游泳，谁敢擅自下水简直就是自寻一顿暴揍。可是，我差点被淹死的消息却不胫而走，外婆很快就知道了，她狠狠地瞪了我几眼后，就冲出了家门，她是去了陪我一起玩的几个小伙伴家里，一个一个骂了一顿扎实的——在村里人家都叫外婆四娭毑，和外公的几兄弟妯娌一样，都是德高望重的老人，外婆一路骂过去，谁也不敢还嘴，我那几个小伙伴几乎都遭了自家长辈的一顿好打。其中，有一个小伙伴是我小学五年中最好的朋友，叫周文龙，挨的打最惨，而从那次之后，他差不多十来年都没有开口跟我说话，直到后来再次见面时才释怀。

骂红了眼睛哭湿了脸颊的外婆回来后，顺势拖过坪里的竹扫把，狠狠地就往我的屁股上抽过来，挨了一下火辣辣，疼得我开始逃窜。外婆就一边撵，一边骂着“回你的学校去，不要来害我”，终于把我赶上了马路，并一路把我赶回了学校。

这段被外婆赶回家的经历一直被外婆家的邻居嘲笑了很多年，而那次之后我也确实好几年都不再常去外婆家，可能是觉得没面子，又可能是觉得愧对外婆。总之，我并不怪外婆，在她的世界里，道理是简单的，爱是简单的，她只是简单地爱着我，用真实的情绪跟我讲着简单的道理，这又怎能责怪呢？

不知从什么时候起，外婆性子里的“火药味”消失了，她变得越来越和善，脸上常洋溢着温暖的笑容，做一切事情都变得慢条斯理起来。她不再骂我们，说话总带着征询意见的口气——我突然意识到，外婆老了。

人只要一老，有些心智就会回归到孩童一样的阶段。2001 年，外婆开始了

不知从什么时候起，外婆性子里的“火药味”消失了，她变得越来越和善，脸上常洋溢着温暖的笑容，做一切事情都变得慢条斯理起来。她不再骂我们，说话总带着征询意见的口气——我突然意识到，外婆老了。

为期几年的让子女们又好笑又好气的买码生涯——买码，又叫地下六合彩，是从香港带过来的一种在农村风行的不合法的博彩。在其他狂热码民的带动下，外婆也迷上了买码，从来不戴老花镜的她自己托人配了老花镜，买了全套所谓的码书，自己偷偷地一个人躲在楼上“研究”。后来传闻中央少儿频道播的《天线宝宝》里有特码信息，外婆就和几个娭毑一起煞有介事地看《天线宝宝》，讨论今天这个宝宝的动作像猴子还是像猪，以锁定要买的生肖，后来又传闻湖南经视的《越策越开心》里有特码信息，外婆又追了一段时间的这档节目。或许是一次又一次的失利让外婆失去了信心，又或许是突然的开悟让外婆意识到了自己的荒诞，她后来扔掉了那些码书，退出江湖了。

“风儿吹着树影摇，摇啊摇到外婆桥……”外婆的家，是有味道的家；外婆的菜，是有记忆的菜；外婆的爱，是有分量的爱。我爱我的外婆，我也希望她的生命永远焕发光彩。

舅舅和平

又是大半年没有见到他了。这次看见他时，他站在湘雅附二侧门口的食堂前，远远地向我挥手。

秋风中，雨后的天气有一些寒意，视野尽头的他竟已是白发苍苍，身上穿着一身土灰色的衣服，微缩着略显病态的臃肿的身子，用如孩子般可怜的眼神望着我。我鼻子突然一酸，千万种复杂的情绪就奔涌出来，赶紧低下头去摆弄了两下手机，走上前去，挤出勉强的笑容喊了声：“和平舅，来啦。”

二舅伏在食堂里的条桌上，听见我的声音，无力地起了身。我无法用言语来讲述那一刻我的心情，因为我印象中比男劳动力还能干的二舅已被病魔折磨得不成人形，病态的皮肤松垮地附在虚弱的身子骨上，没有一处饱满的皮肉，看不到一丝血色。我拉住二舅的手，轻轻拍了拍，说了一句“放心吧，我来办”，转过头，看到舅舅似漠然又似感激的眼神。

舅舅姓余，名和平，是上门女婿。从小我便不是太喜欢他，缘由是他为人过于精明，甚至对我们这些小辈也十分刻薄，从不亲近。

外公共四个女儿，我们管他的大女儿叫姑妈，其实应该是喊错了，姑妈应当是父亲的姐姐或妹妹，母亲的姐妹应当喊姨妈才对。不过我们那边整个地区不时兴叫姨妈，所以也就没必要特地去更正了。姑妈是外公原配妻子的女儿，和我妈妈另外三姊妹是同父异母的姐妹，自小待我们就很好，没有亲疏之分。妈妈是外婆亲生的大女儿，她的两个妹妹我们分别叫二舅、三舅，也不叫姨妈。

我妈和姑妈、三舅长大后都嫁出去了，只有二舅守在家里，招了一个上门女婿，就是舅舅和平。

不知道你们能不能理解，和平舅和二舅是一定要生一个男孩的。本身外公就没有儿子，按农村的观念，二舅就必须要有一个儿子传承香火。可是老天并不那么轻易遂人愿，大女儿湛娟出生后没两年，又生了二女儿湛嫱——在二十世纪八十年代，计划生育政策的严苛你们无法想象，经历过那个年代的人都知道，当时的村干部简直就是土匪强盗一般，他们气势汹汹浩浩荡荡地来到外公家，搬空了几乎所有的家当，还用粗壮的木头柱子撞垮了半边屋子。那震彻云霄的号子声“一二三，嘿嗬——”至今我还记得清晰，那天过后，我就有约莫一年没见过和平舅和二舅了，不晓得上哪儿躲结扎去了。

等他们回来的时候，我又多了一个表妹，叫湛珊。湛珊是一个可怜的女孩子，从出生起到两三岁间，没有得到过哪怕一丝父母的温暖。她几乎不敢哭闹，也从来没有上桌一起吃饭的机会，总是一个人摆张小桌子，坐在屋檐下自己吃东西。和平舅和二舅看她的眼神里，总是含着一种怨恨，那是一个小孩根本无法承受的怨恨。她是无辜的，只是，来得不是时候，来得不是合适的地方。

也许是善良的天性，也许是内心深处的怜悯，我们几个哥哥姐姐都很疼爱湛珊，亲昵地叫她珊珊。那时候，几乎每隔一个周末妈妈就会送我去外公家住两天，只要有空我们就会陪着珊珊玩耍，逗她开心，可欢乐的氛围总会在和平舅或二舅一个冰冷的眼神扫射后，坠入冰点。

珊珊终于被送走了，对她而言，或许是一件好事。那天，不知道是什么原因，和平舅异常狂躁，他一手拎着珊珊，一边骂骂咧咧地走向外公家门口的小溪边，把她整个瘦小的身躯按进水里。拼命扑腾之后，珊珊发出了凄厉的哭喊声，可和平舅只给了她瞬息的几口呼吸，又一手按了下去。惊慌失措的我们大声呼喊着外公，根本不敢靠上前去——那天，我见到了一辈子温顺谦和的外公愤怒地冲过去，搂过珊珊，抬手给了和平舅一记响亮的耳光。两个男人相对而视，在威严不可侵犯的外公愤怒的目光中，和平舅的眼神渐渐由猩红褪成了灰白，然后变得飘忽不定，躲躲闪闪，最后怯生生像一个意识到自己做错了事的孩子，全然没了刚刚的暴戾。空气像凝固了一般，我们谁也没有说话，只有珊珊渐渐微弱的抽泣声如刀一般割着每个人的心。那天，外公抱着珊珊出去了，半夜，他一个人落寞地回来了——他终于下定决心把珊珊送去了一个可能更好的归宿，邻镇一户已经来了好几回的、没有子嗣的忠厚老实的中年夫妻家。

那一宿，外公家里格外寂静，我们几个兄妹没有闹腾，电视机也没有打开，二舅不知道在忙活什么，和平舅就一个人坐在门外的台阶上，沉默不语。

生活还得继续。珊珊送走后，不久，和平舅和二舅又消失不见了。

这一次，消失的时间更久。回来的时候，我多了一个表弟。

孩子们总是健忘的，我们淡忘了珊珊的悲伤，欢天喜地地看着这个孩子来到这个已经看起来破败不堪的家庭。鞭炮声响彻了外公家的房前屋后，前来道贺的人们络绎不绝，邻村算命的瞎子也被接了过来，算完生辰八字后，给他取名叫湛刚。两个姐姐的名字虽然好听，可是其实是很随意就取了的，湖南话“娟”“嫱”跟“砖”“墙”发音一模一样，和平舅只是找了一个别的字替代而已，不像湛刚，是打了大红包请算命的瞎子取的，意义不同。

从湛刚出生后，和平舅和二舅的脸上终于绽放出了笑容，像春天里的阳光。

湛刚长到几岁的时候，他们两个人就带着他去深圳了，不知道是打工还是做什么生意，在和平舅精明的经营之下，家里条件一天比一天好了起来。

那几年，我们总盼着和平舅回家——不是因为他对我们多么友善，而是他总是满载而归，比如说有一年他运回了整整一卡车的玩具，据他说是一个玩具厂起火，他以废品的价格收购了一大批被轻微烧损的玩具，处理了大部分赚了不少钱后，余下的一卡车就拖回来了。什么会摇摆唱歌的圣诞树，什么会说话的南瓜灯，什么小收音机，什么能玩俄罗斯方块的游戏机……琳琅满目，数不胜数。虽然他没有大方阔气地让我们随便挑随便拿，但我们总能拿到几件心仪的宝贝，这在那个年代的农村并不容易得手，足以让我们回学校放肆炫耀一番了。

和平舅喜欢鼓捣这些玩意儿，几年后家里盖起了崭新的楼房后，他在二楼专门腾了一间房子存放“宝贝”，为了防止我们潜入，他加了结实的锁，然而并没有用，锁得住门，却锁不住好奇心爆棚的童心——我的开锁技术几乎就是和平舅无意中训练出来的。无论是挂锁，还是原子锁，我总有办法打开，在他的这间藏宝阁里，我听过崔健的磁带，看过古龙、卧龙生的全套武侠小说，还收获过能亮瞎别人眼睛的蛤蟆镜。每次和平舅回来，总免不了粗着嗓子呵斥我们一番，一转身却又忍不住拿出一堆新玩意儿在我们面前炫耀，然后独自一人上楼去修锁。

和平舅后来把回收工厂废品、旧设备经营成了一个红火的事业，并且持续了十余年。他矮矮的身材渐渐发福，手指上戴起了两三个大大的黄灿灿的金戒指，还有了自己的小面包车。往后的每次回家，他更像是凯旋的将军，容光焕发，春风满面。以前不太愿意和我爸爸坐在一起，现在也常常让我爸拉起二胡，在沧桑莫名的西湖调里，严肃认真地唱一段花鼓戏了——我爸一直承认和平舅的小生唱得有韵味，比戏台上几个当地的名角都唱得好。

所有关于舅舅和平的回忆，就停留在他清脆悠长的花鼓戏唱词里该多好。

多年以后，我才明白他的艰辛，才明白那些风光背后的汗与泪。和平舅自己没什么文化，却送出了三个大学生，二女儿湛嫱成绩优异，考的重点本科自当不论，大女儿湛娟和小儿子湛刚成绩平平，和平舅也坚持送他们读了大学。要知道，负担三个孩子的学习是件多么不容易的事情，可我从小到大也未曾听到他一声抱怨。

2008 年，二舅被诊断出患了红斑狼疮，和平舅的生意也出现了问题，也就是从那年开始，他开着自己的旧面包车一趟一趟地往返深圳和长沙，送二舅到湘雅附二医治，再接她回深圳去。那年，我曾趁出差的间隙去过一趟深圳看他们，在宝安37区一间被隔成四五间住房的廉租屋里，我看到了他们的生活。没有想象中的宽敞明亮的客厅，没有先进的现代化家具家电，阴暗潮湿的地面淌着污水，打着赤膊的老乡在隔壁高声喧哗，一张小床几乎塞满他们那间只有几个平方米的房间，一台小小的电视摆在床头的柜子上。我请他们到附近的湘菜馆吃饭，二舅看着我抽的蓝芙蓉王，劝我不要抽烟了，说那么贵，怎么抽得起。临走时，我给二舅塞了几百块钱，说“什么也没买”，二舅追出家门好远要还给我，我奋力挣脱后向他们挥手告别了。上车后，我泪流满面，不知道为什么，对和平舅的所有不喜欢甚至怨恨瞬间烟消云散了，每个人都有自己的宿命，每个人都有自己的委屈与无奈，他的精神世界，又有谁能明白？

2009年，春节过后，和平舅去了广州，在我当时租住的小区房子里住了一晚。房子很大很宽敞，是一套非常舒适的房子，我铺好床单给他安排好卧室，就进房休息了。次日清晨起来，却看见他躺在客厅的沙发上，衣衫未解，蜷缩着身子睡得正香。

那次之后便很少再看到他，只有过年的时候才能一聚。我回长沙工作后，他偶尔送二舅到湘雅附二住院，也不会联系我，只有这次排不到床位时，才给

华灯初上的长沙，景色非常迷人。每当我驱车经过清吧门口，远远地看见和平舅与报刊亭老板、环卫工人、老街坊们说说笑笑时，我总会觉得坦然，那个精明能干的男人，那个用自己并不宽阔的肩膀扛起了一个家庭的有始有终的男人，始终是值得尊重的，他应该有权利平凡地站在平凡的人群里。

我打电话，找我想办法。我匆忙放下手里的事情赶过去，就有了文章开头的那一幕。

如今舅舅已经不再去深圳，而是在我投资的一个清吧帮我守停车场，二舅就住在家里休养，偶尔来长沙看病。大女儿湛娟已经成家，生了两个女儿；二女儿湛嫱在苏州有一份体面的工作；小儿子湛刚也进了中铁五局，在广东某处打拼。唯一遗憾的是，三女儿湛珊无论如何不肯原谅他们，嫁人、生子时他们都去了，可是连一句温暖的话都说不上。我理解湛珊，即便她连我们这几个曾经对她疼爱有加的哥哥姐姐也不愿意相认，我却依然心疼她——但这，与我对和平舅和二舅的释怀却不相关。

华灯初上的长沙，景色非常迷人。每当我驱车经过清吧门口，远远地看见和平舅与报刊亭老板、环卫工人、老街坊们说说笑笑时，我总会觉得坦然，那个精明能干的男人，那个用自己并不宽阔的肩膀扛起了一个家庭的有始有终的男人，始终是值得尊重的，他应该有权利平凡地站在平凡的人群里。

月下割稻子的女人

她大概想不到，三个女儿和一个儿子齐聚身边的这番光景，会与上次团圆时相隔二十多年。

二十多年前，她还很年轻，和平舅也很年轻。他们时常坐在晒着谷子的坪里，愣愣地看着远方——那是一大片堆着草垛的已经被收割完的稻田，禾秆刚过脚踝，乍看参差不齐，细看却又像唐诗中的句子，平仄起伏，工整押韵。夕阳映照着这诗行，还有这诗行间袅袅升起的轻烟，以及轻烟后那条蜿蜒到天边的江。

他们身后的房子只剩下半边，屋顶也坍塌了一个角，羊毛毡悬在木头屋梁上，空荡荡的窗户像镜头一样展示着空荡荡的房间。

靠西边的厨房里，柴火依然呼哧有声地燃烧着。两个女儿虽然年纪不大，但已经熟练地帮爷爷奶奶在干活了，提水、洗菜、掌勺……都干得有模有样，像个好把式。厨房外的小推车里，坐着第三个女儿，葡萄一般水灵的眼睛，看着两个姐姐忙前忙后的身影。

那些时光，她应该还记得吧。

她是我妈的亲妹妹，按乡下的惯例，我叫她二舅。在我的生命里，从未见过比她还傻的女人。外公外婆是这么觉得的，我妈和三舅是这么觉得的，村里的人也都是这么觉得的。所以大家都叫她“二醒子”，继而简化成一个昵称——“二醒”。“醒”，在我老家就是“傻”的意思。

她究竟有多“醒”呢？

外公家有十几亩稻田，那个年代，几乎没有任何机械，春种秋收，靠的就是一双手。外公的勤劳自是不必说，可没有任劳任怨的二舅帮忙，是万万不行的。家里田太多的话，插秧、割稻子、打禾都很难及时完成。我记得当时还不时兴请人，时兴“兑工”——你给我家做几天，我再去你家做几天。为了有更多人来帮外公干这些农活，二舅就没日没夜地去给别人家做事，她在给别人做事时总是十分卖力，所以别人来外公家“还工”时，便不好意思偷懒了。而且，二舅曾在饭桌上“颇有心机”地说过她的一个策略，那就是当别人来外公家做事时，她往往去得最早，回得最晚，这样可以延长劳作时间，让来帮忙的人不好意思迟到，也不好意思收早工。我们都笑她“醒”，把自己累成这样还觉得占了多大的便宜，她也乐呵呵的，并不反驳。

有一天，本来收工就很晚，大家吃完饭后坐在坪里，吹着凉爽的夏风，吃着清甜的西瓜，释放着每个毛孔里的疲倦。那晚的月光无比皎洁，如水般的清辉洒满了大地的每个角落。我们忽然看见二舅提着一把镰刀走了出去，还来不及猜想她要做什么，她竟一个人去了田里割稻子，低着头，弓着身子，左手薅住一把稻子，右手飞快地在禾秆处一割，几下动作后，便割了一小捆稻子，有次序地整齐地摆放在田里，然后继续重复刚刚的动作，再一捆，再下一捆……

十点多的时候，外婆站在一人高的田埂上喊二舅："二醒——快回来——十点钟了——"二舅在下面应着："晓得了！"然后又弯下身去，继续割稻子。我们躺在坪里的竹床上看着月亮，说着不着边际的故事，再等了许久，才看到二舅提着镰刀回来。她一句累也没说。

二舅是个苦命人，年轻的时候为了生一个儿子四处躲结扎，却连生了三个女儿，第四个才是儿子——第三个女儿很小就被送走，连妈妈都没有叫过一声。从这个意义上说，他们一家人几乎就没有真正团圆过。

兜兜转转几十年，二舅又患上了红斑狼疮，接着一连串的风波将这个家冲得七零八落。在后来更多的接触中，我发现表弟表妹们的亲情观念有些淡薄，尤其是二女儿——也许是从小就是留守儿童的缘故，她特别独立，成绩总是班上第一，各方面才艺总是同龄人中突出的，然而却也是和父母最疏远的。我曾经看过她一篇文章，里面援引过一个故事，大概内容是没带伞的孩子就要快点跑，读来尤为心酸。她似乎有意与父母作对，工作要远远地找，男朋友要远远地谈，一年到头可能回来不了一趟，好不容易过年回来也是待一两天立马就走。小儿子要好一些，或许是因为受的宠爱最多，可是也还不成熟。大女儿相对最懂事，可是也不在父母身边。我不知道该如何评价我的表弟表妹，尤其是第二个表妹，或许在那样的成长环境中，心理、情感的成长会有自己的路径吧，不可强求。

十年，整整十年。

二舅撑了十年，从一百斤瘦到四五十斤。每次见到她我都觉得鼻子酸酸的，她总是笑意盈盈地跟我说话，给我泡茶，仿佛病魔从未侵蚀过她的身体。直到昨天晚上，得知她被送进了重症监护室，知道了她已经几乎失去意识，知道了她的肾、肺几近衰竭，靠呼吸机在养着最后一口气。

我跟和平舅打电话时，前两句话他的语气还是正常的，接着就决堤了，一个五十岁的男人，像孩子一般痛哭起来，哭到我的心如刀割般疼痛，哭到我也决堤，泣不成声。这剜心的哭声，饱含的是对二舅的叹息，对她的不舍。

她的一生未曾实现的愿望终于实现了——大女儿连夜赶到了医院，二女儿和儿子第二天乘最早的飞机也回来了，三女儿也来了——二舅与和平舅两口子曾多次上门乞求原谅，却并不能释怀的三女儿，如今，终于也来了！

三个女儿与一个儿子都来到了重症监护室外，对着通话设备哭喊着“妈妈”——二舅，你听见了吗？

这么多年来，你都不善于表达，你从不索取，从没穿过一件好衣裳，吃过一顿大餐，你省吃俭用，所有的钱都给你的孩子们做学费、生活费，你连身患重病时，都不曾抱怨过一句极少陪在你身边的儿女，不曾抱怨过一句命运！二舅，你真是傻！太傻太傻！难怪他们要叫你“二醒”，这一个“醒”字，又何尝不是你一生的真实写照！

明天我就去看你，二舅。人生就是这样，一个转身，便是咫尺天涯。有一天，我会给我的孩子讲你的故事，我会告诉我的孩子有一个女人，她曾经在月下割稻子，从早忙到晚而不知疲惫，她是我的二舅。我知道我的表弟表妹们有一天会真的长大，他们会想念自己平凡而伟大的妈妈，会想念那个清辉满地的月夜，弓着身子割稻子的孤独的妈妈。

我知道我的表弟表妹们有一天会真的长大，他们会想念自己平凡而伟大的妈妈，会想念那个清辉满地的月夜，弓着身子割稻子的孤独的妈妈。

湛先毛和他的兄弟们

在中国的乡下，老人家的名字一般都不会被记住，人们只管叫他们某某爷爷、某某奶奶。而在湖南的乡下，则多是叫某某爹（或嗲，不深究）、某某娭毑。

我外公叫四爹。他的另外四个兄弟分别是大爹、二爹、三爹和五爹。

我能记住外公的名字全因为这个“毛”字，小时候觉得这个名字特别土——说到这里顺便说说我们这代人的长辈们的姓名文化，据我所知，外公这个村里光带“毛”字的长辈就多达数十个，其中有一家人就占了五个——大毛、二毛、三毛、四毛、五毛，我外公兄弟里好像也还有一个什么毛，他自己就叫湛先毛，小时候我揣测过不下一百次关于这个名字的意思，也始终没有想出个所以然来。隔外公家不远有一户人家，生了十个女儿，第一个叫一元，第二个叫二元，第三个叫三元，然后第四个叫四元，是我妈妈的同班同学，接下来依次排到十元。有时我会想，谁在乎呢，在那个饭都吃不饱的年代，你叫几毛几元谁又有闲心去笑话一番呢？除了这几个非常俏的字常用于姓名，我们父辈这一代人里，最常见的恐怕就是“国”字、“军”字了，比如说老党员大爹的几个儿子，也就是我的堂舅舅们，依次就是建国、爱国、爱军、卫国。总而言之，由于外公的名字里有了这个在我小时候看起来很土的“毛”，在所有老人家里我第一个便记住了他的名字——湛先毛。

外公的形象，总跟这样一幅画面有关：湛蓝深远的飘着朵朵白云的天空下，一片翠绿与土黄在广袤的大地上纵横交错，一个戴着草帽的老人，一头不时驻足回望悠然长哞的老牛，在这画中慢慢移动。涵混着泥土、秧苗、野花的气息随着风儿漫过原野，老人和老牛的呵斥与哞叫仿佛是浸染着诗意的对话。

直到今天，七十多岁的外公，依然不放弃耕作，依然坚持自己犁田。所以，想起外公，我首先想到的就是那几亩方田，那一头老牛。

打记事起，我就从未见外公与人高声说话过，更不必说打架动粗。他总是在忙碌，春天，他去犁田、插秧；夏天，他去除草、挽藤；秋天，他去打禾、晒谷；冬天，没什么事做了，他就去山上挖枯树根，一个冬天，从柴房到前坪，满满地堆着铜墙铁壁一般的枯树根，青年汉子都只能长叹一声，要知道有的树根埋在地下甚至两米深！汉末学者董遇曾说时间有“三余”——“冬者岁之余，夜者日之余，阴雨者时之余也”。是说冬天、夜晚、阴雨天是空闲的时候，可是对于外公，这“三余”之说就有点难以立足了。

我很佩服外公的父母，虽然我根本没见过，因为除了外公之外，他的四个兄弟身上全能看到勤劳的光芒，这种家风是如何传承下来且一个不漏的，我始终想不明白。大爹八十多岁了，几个儿子当官的当官，做生意的做生意，根本没有一点生活的压力，也照常下地干活儿没有止息。二爹、三爹特别显老，早很多年前就步子颤巍巍弱不禁风的样子，可也不肯闲着。而五爹，是比外公更勤奋的老人，除了自己的几亩田地自己一手看持，还揽下了村里最多的犁田耕地活儿，五爹最年轻，却走得最早，人们说他是累死在田里的。从小到大，写关于农民的作文，经常会用到“面朝黄土，背向青天”，而这几个词里蕴涵的情景，我总是会联想到外公和他的兄弟们。

除了勤劳，他们还有一个共同的品质，就是谦和。我们这一代人，家里两兄弟及以上的居多，有两兄弟的就知道，兄弟间几乎都是从小打到大，即使长大成人了，拌个嘴红个脸也是家常便饭。可是外公和他的几兄弟，任何时候坐在一起，目光中的慈祥与安静总是交织得那般和谐，他们相互之间会称呼“四爹”“大爹”等，像谦逊的君子，像熟识的老友，喝完一碗芝麻豆子茶，就扛着锄头各赴自家田头。

家

也终究会有一天，那座威武的生基里会睡满十个对我亲昵的勤劳、善良、温和的老人，他们的故事，也将如广袤的天地间那一亩方田，春华秋实，从不衰败。

也许正是因为这一辈的缘分和亲密无间的关系，外公和他兄弟们把生基打在了一起，连同他们五位妻子的——生基，在我们这边就是空坟，是在老人生前就修好的墓，等死去之后再将棺材埋葬进去。修这个生基是请当地最厉害的风水先生看的地，在村里的后山腰上，坐西南朝东北，十个墓连成一排，外围用水泥墙围成一圈，顶上两条琉璃砖瓦雕砌而成的金龙昂首戏珠，气势不凡。生基修成的时候，我们这些子孙辈都去了，鞭炮声后，我小心翼翼地查看十位老人的神情，外公和他的兄弟们依旧面容安详，几位婗毑的眼神里却流露出无限的感伤，有泪花闪烁。多年后，我依然清晰地记得这一幕，当生死就在一线之隔时，坦然前行波澜不惊的又有几人呢？

几年之后，五爹住进了生基，再接着，五婗毑也住进去了。有时我就会痴痴地想，当外公和他几个在世的兄弟偶尔经过那里时，他们会不会在火红的夕阳下驻足，或者静静地在那儿坐上一会儿，和他们那先走的弟弟弟媳说上一会儿家长里短，悄悄地抹一把眼泪？他们都那么不善表达，都总是沉默寡言，可我总是猜想，他们内心深处有着谁也无法比拟的深厚的爱。

本来，外公是有可能第一个住进生基的。六十八岁那年，外公脑子里长了一个瘤，突然之间，一个精神矍铄的老人就仿佛苍老了许多，开始走路不稳，昏昏沉沉。家人们在一起商量、凑钱，要送他去湖南肿瘤医院做手术。一向性格温和的外公却像牛一样固执，坚决不肯去，理由是五十多岁时他找邻村的瞎子算过一命，说他寿元只有六十八岁，既然命中注定，又何必花这个冤枉钱呢？其实外公家里一直以来条件都不差，我妈妈几姊妹都没过太苦的日子，年轻的时候外公贩木材，后来又贩饲料，田里地里春种秋收也从不耽误，加上勤俭节约，家底一直是相对殷实的。只是苦于一辈子没有生下一个儿子，四个女儿没有一个能继承他的家业，以致晚年反倒光景不济。可无论如何，治病是不能省的，可外公执意不治，几个女儿竟也没了办法，关键时刻还是一向有主见的我的爸爸起了作用，不由分说强行租车将外公送到了医院，几个月后，外公的手术顺利完成，只是原本的一头黑发尽成了一茬茬的短短的银丝。出院后外公的精神大不如从前，医生也再三交代外公再也不可干重活，可他回家的第二天就牵着老牛深一脚浅一脚地上山去了。

我的外公不是一个传奇，“湛先毛”也并没有多少浪漫主义色彩，所以这是我生平第一次用文字记录外公，若干年后，当外公也去了生基里长睡时，我也许会怀念他亲手做的我并不喜欢吃的让人腻得受不了的“油坨子”；我也许会记得他红着眼眶从牛贩子手里夺过缰绳，把厚厚的一沓钱还回去，抚摸着小牛被扯得流血的鼻子，把它牵回老牛身边时的心疼的样子；我也许会记得他提着水壶，扛着锄头在田埂上走向远方的高大的身影……

也终究会有一天，那座威武的生基里会睡满十个对我亲昵的勤劳、善良、温和的老人，他们的故事，也将如广袤的天地间那一亩方田，春华秋实，从不衰败。

奶奶

“这位老婆婆，心肠好比是杨令婆，赠我三碗米，追过两道坡……”那位身着粗布衣裳的大娘应该是来自戏曲之乡，开口即成曲调，内容完整流畅，唱得奶奶笑开了花，连连摆手，说她过奖了。

小时候，常有从外地逃荒过来的人到村子里挨家挨户地讨米——“逃荒”这个词是奶奶告诉我的，说那些人是因为家乡发洪水，把房屋和庄稼地都冲没了，不得已出来讨生活。奶奶对这些逃荒的人格外好，无论谁来，都一定让我们这些晚辈去房里舀米，自己则搬椅子出来招呼他们坐，给他们泡芝麻豆子茶。奶奶说，年轻的时候自己也曾经出去逃荒，遇到过很多好心人，所以转过头来对别人好一点是应该的，不足挂齿。那天，一位来讨米的大娘和奶奶聊了很久的家长里短，走的时候落下一个小包裹，奶奶发现后，深一脚浅一脚追了好远才给人送到手里，于是，就有了开头那一幕。

奶奶是一个情感极其丰富而细腻的老人，读过一些书，又明事理，所以总是有老人来奶奶家坐，跟她谈心。有说儿子不孝顺的，有说媳妇态度恶劣的，什么话题都有。奶奶从不挑拨是非，听到再不平的事也不会动气，只是长叹一声，掏出手绢来擦眼泪，然后宽慰别人："这就是八字啊！您要看开一点。"

因为读过一些书，奶奶很善于讲道理，她经常以"老话说得好"开头，说出很多至理名言，有关于读书的"万般皆下品，唯有读书高"，有关于品德的"小时偷针，大来偷金"，有关于包容的"宰相肚里能撑船"，有关于孝道的"百善孝为先"，有关于惜缘的"十年修得同船渡"……当然，还有一些我当年不十分赞同的"老话"，比如奶奶处理我和弟弟打架的问题时，总是语重心长地告诫我："老话说得好，老弟打哥哥，如同打木货，哥哥打老弟，如同打斗笠。"我曾经问过奶奶"木货"是什么，奶奶说木货就是木头，打一下不会坏的，不像斗笠，一打就破了。我十分不服气，因为弟弟打我我也很疼，我才不是"木货"。当我向奶奶抗议的时候，她也不争辩，只是大笑不止。

奶奶和爷爷曾经在长达一年多的时间里"冷战"过。两个七十多岁的老头老太太，因为一些生活上的琐事，相互之间赌起了气。首先是卧室分开，一人住一间，然后是"错峰"做饭——奶奶先做好饭菜吃完，爷爷再去做饭，再后来柴米油盐也分开了，两个老人各自在卧室里摆了柜子，放自己的柴米油盐。

只有我们一家人回去时，才一起做饭吃，爷爷闷声不吭地在灶前烧火，奶奶在灶头炒菜，有时奶奶会埋怨爷爷的火烧大了或者小了，爷爷也不还嘴，只是“逆来顺受”地听从指挥，手动调节火力。父辈们又好笑，又好气，但是谁也不去调解——老人家固执起来，十头牛都拉不动哩！

奶奶平时和孙子孙女们关系更近，她有时会“指使”我们去爷爷的房里“偷”猪油。有一次，我们把爷爷瓷缸里的猪油铲了一半到奶奶的瓷缸里，中午时分，我们听到爷爷在那头的房里气急败坏地大骂偷油贼，奶奶抿着嘴乐得不得了。

也不知哪天起，老头老太太就和好了，这种故事，在中国的农村里时刻上演，无比寻常。

他们共同度过了很多很多年的时光，膝下儿孙成群，很早很早就四世同堂。爷爷比奶奶走得早，当他的遗体摆在堂屋中央，安安静静地躺着，再不能开口说话时，奶奶坐在一旁握着他的手，放声大哭。奶奶哭灵时像是在唱歌，歌里有很多的内容，有对爷爷的责备，有对爷爷的不舍，还有对爷爷的回忆。

爷爷走后，奶奶独自走完了自己人生的最后十年。

子女们轮流接奶奶去自己家住，每家负责照顾一个月。奶奶那时候已经不能正常行走，要靠拐杖和轮椅——某次她去追赶疯跑着的一个曾孙，摔断了腿。

爷爷闷声不吭地在灶前烧火，奶奶在灶头炒菜，有时奶奶会埋怨爷爷的火烧大了或者小了，爷爷也不还嘴，只是“逆来顺受”地听从指挥，手动调节火力。父辈们又好笑，又好气，但是谁也不去调解——老人家固执起来，十头牛都拉不动哩！

八十多岁的老人，已经无法治愈了。

即便如此，奶奶依然能自己洗澡、吃饭，一直到九十多岁，她都是一个干干净净、精精致致的老人，没有给子女们添太多麻烦。后来，奶奶不愿意一个月换一个环境，父辈们就按照她的意愿，把奶奶安排在叔叔家——叔叔的家一直和爷爷奶奶的家连在一起，熟悉，自在。叔叔和婶婶都很孝顺，奶奶到晚年时有一些小性子，但是叔叔和婶婶从来都是笑她一下就过去了，从不计较。

说到奶奶的小性子，其实就那么几个，儿孙们没有不清楚的。一是奶奶特别喜欢给孙子孙女们夹菜，以及分享她的“珍藏”，叔叔伯伯们劝了奶奶一二十年也无济于事，她照样我行我素。夹菜这事就不必说了，很多老人都是这样，生怕子孙吃不饱，他们总是忘记这已经不是一个会挨饿的时代了。说说奶奶的“珍藏”吧——那时候，大人们时兴给老人家送麦乳精、水果罐头等，奶奶经常能收到这些人情礼物。可是，她从来舍不得自己吃，总是把它们锁在床头的一个木箱子里。那是一个刷着漆黑油漆的木箱子，搁在四条细细的木脚上，打开箱子，总有一股樟脑丸的气息溢出来。她总是要在很久很久之后的某天，趁几个孙子孙女都在的时候，才小心翼翼地打开锁，拿出那些“珍藏”来。我们牢记父母的叮嘱——奶奶给你们吃的东西，一定要看保质期！果不其然，每次都是过期，无一例外！所以我们一溜烟全跑了，留下奶奶在后面又是叹息又是嘟囔：“这么好的包装，怎么会过期？”然后自己打开包装吃个干干净净。

大家拿奶奶无可奈何的另一个事，就是她十分爱操闲心——我们家是一个庞大的家族，一大家子究竟有多少人连我都说不清楚，可奶奶就像把每个人编写进了自己的“记忆字典”里似的，隔一段时间就翻阅一遍：老三家父子关系不太和谐，老六家盖房子的资金还没到位，小孙女不听话还不找婆家，大外孙家的生意不太景气……诸如此类的问题，奶奶时刻惦记着，说着说着，甚至悄悄抹起眼泪来。如果是中秋、过年这些比较热闹的日子，奶奶又往往会想起故去的胜哥，在精神病医院没回来的果子，哭出声来。往往这时，子女们就会说她几句，要她不要总想着不开心的事，把自己的身体顾好，好好享福就行，可是谁也劝不住。

就是这样一个善良的、调皮的、多愁善感的老人，到九十多岁依然参不透生死。奶奶生命中最后的辰光，依然跟子女们说，自己还不想死，还想看着哪个孩子结婚，还想看着哪个孩子抱孙子。奶奶在世的时候，总喜欢在吃饭时抿几口谷酒——在她去世的前几天，躺在床上奄奄一息时，姑妈给她还喂了几勺子谷酒，喂完还逗了一下她：“酒好呷不？”奶奶嘴角扬起一丝笑意，声音虚弱地说：“好呷。”那是我见过的奶奶的最后一次笑容。

奶奶是一个爱热闹的人，临走前半个月，她就交代了自己的后事，要穿什么样的衣服，戴什么样的帽子，和尚、礼生要唱几晚，走之前要见谁，都交代得清清楚楚。所以，在奶奶弥留人世间的最后几天，几乎所有的家人都回去了。即使处于半昏迷的状态，她也听得出每个人的声音，问她知不知道是谁时，她会点头。

奶奶生前最疼爱的几个孙子孙女都到了跟前，一个个哭得撕心裂肺，奶奶用冰凉的手轻拍着我们的手背，眼角沁出了泪水，我们知道，奶奶眷恋的不是尘世，而是我们。

奶奶走了，寻爷爷去了。父辈们把她安葬在爷爷旁边，两个老人家终于可以在天堂相遇了。

父亲含泪为奶奶作了一副挽联：

命里夫难靠，膝下儿女多，曾经烽火连年，遍地饥荒，叹时日维艰，赖借米为炊，延门乞讨糊黄口，拉扯大六男二女谈何易，感德海恩山，万千念想留后嗣；

灵前子无依，梦里音容杳，但陈数具清香，几盅奠酒，悲阴阳永诀，且延宾设祭，泣血披麻送萱堂，思量是寸草三春对谁言，论人伦孝道，无穷愧悔抱终天。

谨以此文怀念我的奶奶。

聋子

聋子是一个悲剧。

一

聋子是我大伯，是我爸爸同父异母的大哥。

孩提时，我特别喜欢他。原因可能有两个，一是他待我特别好，二是他鼓捣的各种小生意对小孩子吸引力巨大。

每次去奶奶家，他看见我都会笑得漾起满脸皱纹，好远就喊："卓啊，回来啦！"然后拉着我问成绩怎么样，或者找来一截断粉笔，让我在水泥地上写几个字，等我写完，他在边上照着写一遍——他的字很好看，一笔一画都很工整，不像一个农民的水平。爸爸说他小学都没有读完，但是曾经成绩很好，这点我是相信的，因为他除了字写得好，用粉笔在地上画画也是有模有样的。

那时的他还没有很耳背，稍微大声一点他都能听见。他不算一个安分的农民，因为他只种一两亩田，且几乎不太管，经常田里杂草丛生，收成很差，所以一到没米了就去隔壁叔叔家舀。平时他还有两个营生，一是收“荒货”，就是收破烂的意思，白天挑一条扁担出门，太阳落山时挑一担废纸、破铜烂铁、啤酒瓶之类的东西回来，堆得一个房间里满满都是，极久才往镇上的废品站送一次。另一个营生是走东村串西村的货郎担子，两个木箱子，盖子是嵌在木框框里的一块玻璃，可以看到里面的“宝贝”——钓钩、浮漂、丝线、气球、橡皮筋……诸如此类的小玩意儿，别的货郎箱子会挂锁，他却不会，经常就那么扔在敞开的房间里，不去管它。那时，村里的小伙伴们会经常到他那里去弄这些东西，得手之后甚至在我面前炫耀，但我一次都没有告诉过他，他也没有问起过。大约，浑浑噩噩的他，自己都不知道有多少存货吧。

可想而知，他过得落魄，无比落魄。像一条在烂泥里的泥鳅，晒着阳光，连挣扎都懒得挣扎。

可他对我却很大方，看中他货郎担子里的东西只管开口，每逢过年都会给我包一个五元以上的红包，还会给一张很大很大的满满都是红糖颗粒的饼——这饼那时可不常见，比一般的饼大出好多倍，他总是笑得眼睛眯成一条缝，说可以挂在我脖子上吃。

慢慢地，这些回忆就远了，远到模糊了，甚至忘了。

二

聋子是一个老光棍，他一直一个人生活。

一个人坐在火堆旁边，烧着漆黑的吊壶，任凭冒多大的热气也视而不见，只是嘴里念念有词，喃喃自语，说着一些听不清的没有边际的话。

等我和我的堂兄弟们都渐渐长大时，他变得越来越聋了，却依然喜欢拉着我们问长问短，可是当我们用近乎吼的声调跟他说话，他依然一脸茫然期待你重复一遍时，谁也不愿意跟他说话了。远远地看见他，大声喊一声“大伯”，便转头走开了。

也怨不得后辈不喜欢跟他说话，除了太聋，他还邋遢，从没有过一件干净整洁的衣服，总是穿得皱皱巴巴，身上沾满泥土与灰尘。大人们对他的评价是好吃懒做，他不像曾经那样经常出门了，不到揭不开锅，便很少顾及自己的营生。太阳暖暖地铺满村庄时，他就两只手反在背后，踱着步子到处转悠，找一些闲

聋子是一个老光棍，他一直一个人生活。

一个人坐在火堆旁边，烧着漆黑的吊壶，任凭冒多大的热气也视而不见，只是嘴里念念有词，喃喃自语，说着一些听不清的没有边际的话。

人打牌——不要问，总是输的。

到后来地下六合彩在农村风靡时，他就把所有能弄到的钱都拿去买，身上一个子也不剩。

所以当我工作后，每次回去给他拿一两百块钱时，大人们都会劝我不要拿，买些东西还实在些，但我每次几乎还是给了钱。

这就是他的命吧，都已经这样了，还能差到哪里去呢？

三

三年前，他几乎全聋了，更可悲的是，他竟然连看也看不见了，变成了聋子和瞎子。

没有人照顾他，爸爸通过关系把他送到镇上的敬老院，并每个月多出几百块钱请了一位老人照顾他。于是，再去看他，就是去敬老院了。

第一次去时，我开车在敬老院门口停下，远远地看见他坐在走廊上，阳光正好，他就那样坐着，一动也不动，他旁边是三四个老人在一起闲聊。我下车时，认识我的老人在他耳边大声地说是我去看他了，几遍过后他慌忙起身，四处张看，抬起一双颤抖的手在空中摸着。我鼻子一酸，竟有两行眼泪唰地流下，赶紧走上前去握住他的手，大声喊了一声“大伯”。

他似乎什么也听不见，只是顾着问我的情况，我大声回答，他口里“哦哦”着，也不知道是不是真的听到了。等别的老人招呼我坐下来时，我注意到他衣着很干净，也不蓬头垢面了，应该是照看他的老人每天帮他洗澡清理的缘故吧。

他向我诉说了眼瞎后的难过，然后告诉我他已经拜托了我爸爸去找医生，希望能够治好——我默默地叹了一口气，只是听他说，不忍心告诉他爸爸已经找医生确认了根本没办法治好。

坐了一阵子，我就起身告别了，照例我给他塞了几百块钱，他奋力推辞，我快步离开，留下他在后面说着很客气很感激的话。

由于工作很忙，我几乎只有逢年过节回家时，才去看他，每次的停留都很短，每次的场景都很相似。只是，我能感觉到，他渐渐苍老了。

四

他终于死了。

从发现肺癌晚期，到离世，总共加起来不到半个月时间。

爸爸从医院接他出来的第二天，清早就打电话给我，说他可能快走了，就这几天时间，让我争取回去一趟，见最后一面。那天正好是我组织的现场作文竞赛颁奖晚会时间，所以我跟爸爸说，忙完这一天就回去。

中午我跟妈妈打了一个电话，问大伯接回家后的情况，妈妈告诉我不要担心，他现在精神还蛮好，头脑还很清醒，能跟人说话，要我有事就先忙，不用急着回。

我稍稍松了一口气，就全身心投入晚会的最后筹备工作中去了，没有再去想他的事。

下午两点左右，手机响起，来电显示是爸爸。接通电话的一刹那，我心里猛然一惊，仿佛是怀里抱着的一块巨石一端坠落，震得身躯突然麻木——果然，是他死了。

挂完电话，我木木然抽了三四根烟，关上办公室门，坐回椅子上。半晌，所有的情绪从心底涌出来，终于哭出了声音。不知道是为了他悲惨的命运，还是为了未见他最后一面的遗憾。

晚会非常成功，结束后许多家长、同事、朋友对我发来祝贺的信息，陪着伙伴们做完清场工作后，已经是夜里十一点多。冷雨潇潇，雨刮器在车子风挡玻璃上吱吱呀呀地扫着，回家的路变得无比漫长。

离家还有几公里时，我停靠在路边，撕心裂肺地痛哭了一场。我想起了他不好看却温暖的笑容，想起了他给我送大饼时的得意，想起了他反着手在暮色中踽踽独行的背影，想起了他用粉笔在破门上写的“生死有命富贵在天”，想起了他又聋又瞎时剜骨般孤独的痛苦，想起了他的骄傲，想起了他的自卑，想起了他的喃喃自语，想起了他想要你重复一遍时的恳切……

葬礼只有三天，和尚、礼生用一晚不算太繁杂的法事完成了对他的超度。他没有子嗣，我和一个堂兄做了孝子，在鼓乐齐鸣、鞭炮声声中，他的棺材被埋进了土里——挨着爷爷的坟，结束了他的一生。

或许，这样的结局对他来说是一种解脱吧；或许，当他长眠于黄土之中时，他的聋、他的瞎才不足以让他哀伤。

我此生无法弥补的遗憾，他是否明白？

暮色苍茫

我们且歌且行
路过人间
看见过悲伤与欢喜
感受过温暖与凉意
最后明白一切都是生命的馈赠

卖豆腐的老人

清冷的年，过得心里很憋屈。

吃饭时好像也没啥食欲，鱼啊，肉啊，青菜啊，都仿佛是橡皮泥捏出来的，横七竖八地挤在盘子里，冷眼对峙着。

我寻思着明天可以去哪里买点菜，忽然就想起了那个卖豆腐的老人。

依稀还能记得，是那样雾气弥漫的早晨，太阳刚刚从村庄的东边探出头，奶奶刚刚把柴火烧旺，白色的烟刚刚透过青色的瓦冒出去，那一声清朗悠长的吆喝声就从遥远的地方如约而至："端豆腐咧——端豆腐啊——"

奶奶这时就会叫我去橱柜里拿一只瓷碗，到门口去等着。

也没有时间的概念，大概是屋后竹林里的鸟叫了三十来声后，一个慈眉善目的老人就挑着一个担子出现了。

担子在他的肩上有韵律地晃动着，很稳，一如他的步伐。老人个子不高，身形也很单弱，但是脸上挂着从容的笑容，浑身上下都很干净。老人看着我端着瓷碗站在门口，便会走到奶奶家的坪里来，把担子放下。

他总是不急于问我要几块豆腐，而是和其他端着瓷碗走过来的大人们打招呼，再向从屋里走出来的奶奶问好，夸她身体健朗。家长里短要聊一阵子后，才不慌不忙地拿出刀铲出来切豆腐。

印象中，左邻右舍这些姑姑婶婶们都十分擅长砍价，碰了其他外乡人来卖衣服、水果时，能砍多少就砍多少，绝不手软。但是“端”豆腐的时候，她们从来不问价钱。

我只有周末和寒暑假才回奶奶家，但是每次回去，几乎都能听见那熟悉的吆喝声。日子很平常，老人的吆喝声也很平常。

做菜的时候，奶奶会用枯瘦的左手把白白的豆腐捧在掌心，右手颤巍巍地拿着菜刀，从中间横着切过去，把方方正正的豆腐分成两块薄薄的，再用菜油煎，两面都煎得黄黄的时候，就撒一把葱花，然后起锅了。

说不出有多香，总之，应该是人间美味吧。

天气热的时候，有时，还不到饭点，奶奶会把几个孙子孙女叫进厨房，每人拿一个小碗，放一块豆腐，舀两勺白糖，让我们拌着吃。多年以后，我在一些精致的餐厅吃饭，吃过那种店家自制的固态酸奶，放葡萄干、杏仁的那种，味道也很好，但是都不如奶奶做的凉拌豆腐。

我非常后悔，在长大后的一段漫长的时间里，我不自觉地把乡村的味蕾换成了城市的味蕾，我甚至一度沉迷于满桌的精致菜肴之中。觥筹交错的声音，花式多样的菜品，让我遗忘了那一碗白豆腐的味道，以及那个卖豆腐老人的吆喝声。

我甚至没有察觉那一声清朗悠长的“端豆腐咧——端豆腐啊——”是从何时消失不见的，我甚至没有去想过，当头发花白的奶奶坐在晨曦之中，再也听不到那声吆喝时，心里有多么失落。

依稀还能记得，是那样雾气弥漫的早晨，太阳刚刚从村庄的东边探出头，奶奶刚刚把柴火烧旺，白色的烟刚刚透过青色的瓦冒出去，那一声清朗悠长的吆喝声就从遥远的地方如约而至：“端豆腐咧——端豆腐啊——”

何姨

高三时，寝室十一点就熄灯了，觉得学习时间不够，于是和黄伟商议了一下，决定向老师申请，到学校边上去租一套房子。

申请的理由很充分，所以老师和父母一路开绿灯，我们很顺利地在学校边上租了一间房子。

房子装修很不错，有两层，二楼是房东自住的，一楼有三个卧室，还有客餐厅、厨房和卫生间。我们租了其中一间卧室，很便宜，只有一百多块钱一个月。房东一家有四口人，做菜吃饭都在一楼，不过我们每天都是下晚自习后才回来，到家总是十点多了，所以极少打照面。

日子很平淡，我们每天努力地学习，心里装的只有各科的复习题和高考倒计时。

男孩子往往不太爱收拾，需要换洗的衣服和袜子我们总是堆在桶子里，周日下午休息的时候一并清洗。

有一个周日的下午，我们回来准备先把衣服洗了，再出去打场球活动一下，却发现自己桶子里的衣服不见了，一找，发现阳台上挂满了洗好的衣服。我们惊讶地去找房东阿姨问，她十分和气地说：“是我帮你们洗的，你们学习忙，以后我给你们洗衣服吧！”我和黄伟对视一眼，十分感动，随即不安地说：“这个怎么可以麻烦您，我们还是自己来吧！”房东阿姨非常真诚地说：“真的没关系，反正我每天在家里也没什么事，我女儿比你们大几岁，儿子跟你们差不多大，他们的衣服还不是我来洗？多洗两件不麻烦的。”真的无法形容当时心中的温暖，那天，我们和她聊了一会儿家常，知道了房东阿姨姓何，于是叫她何姨。何姨问了我们的学习情况，言语中非常羡慕，她说他们一家子都没读什么书，尤其是儿子，初中毕业后就没读了，现在在县城经营一家手机店，她说，她儿子要是像我们一样这么努力就好了，将来能考个大学，去大城市读书，未来也能有一个更好的前途。末了，何姨跟我们说：“你们就好好读书，生活上的事何姨能帮你们做点就给你们做点，你们不要见外。”我们便再没有客套地拒绝了。

后来，我们的另外两位好朋友郑佑云、周鹏飞也过来了，他们租了另一间卧室。高中生涯中，最值得怀念的日子就是这一段了。人一多，念头也就多了——学习艰苦的日子里，我们决定找点乐子，比如大半夜煮个火锅，打打牙祭。我们从超市采购了很多方便面、红薯粉、罐装食品等，每到晚上十二点后，就在餐厅用电火锅煮“大杂烩”吃。某天，我们发现厨房的冰箱里有很多菜，腊肉、香肠、土豆等一应俱全，经不住诱惑就会“不留痕迹”地夹一点放到火锅里——若干年后，我们才去思考一个问题：为什么何姨每天都会提前一天把菜切好放冰箱里呢？而且菜品的花样还经常变，没有一个碟子上面有保鲜膜。

放月假回家的时候，我们的父母知道了有这样一位为我们洗衣服的何姨，于是，他们大包小包地提着礼物来了何姨家里，想感谢一下她。何姨十分客气地推辞，说什么也不肯收，最后实在拗不过收下了，但是第二天又悄悄地放进了我们的房间。

日子一天天过去，终于，高考结束了，我们也要收拾行李回家了。

走的那天，阳光明媚，我和黄伟在房里分掉了许巍和水木年华的录音带，然后去跟何姨告别。何姨甚至没有问我们考得怎么样，她只是一言不发，悄悄地抹眼泪——当挥手道别的那一瞬，我们再也忍不住了，眼泪夺眶而出。

这辈子，真的很难再遇到像何姨这么好的一个人了。收了我们不过一千多块钱的房租，却给我们洗了差不多一整年的衣服，备了一个永远菜品丰富的冰箱，而且，几乎从来没有在我们回家的时候下过楼，她给了我们空间，呵护着我们

走的那天，阳光明媚，我和黄伟在房里分掉了许巍和水木年华的录音带，然后去跟何姨告别。何姨甚至没有问我们考得怎么样，她只是一言不发，悄悄地抹眼泪——当挥手道别的那一瞬，我们再也忍不住了，眼泪夺眶而出。

的自尊心。

后来，我们一直没有去看何姨——身处低谷的时候，觉得不好意思去看她，境况变好的时候，又越来越忙碌，渐渐地，日子就久远了。也不知道何姨还记不记得我们，也不知道她有没有想到，她的善良让几个少年惦记了很多年。

今天的窗外，也是阳光明媚。突然想去看看何姨，再和她聊一聊家常。是的，我们会去的。

向葵

向葵是一个传说。

在奋斗村周边十里八村，无论多么调皮、多么霸道或多么爱哭的小孩，只要大人惊恐地说一句“向葵来了”，他们立马就会像触电了一样，屏息凝气，不敢动弹。这四个字就像大人们口里的一句咒语，每念一次都能收到极佳的效果。

向葵不是怪物，也不是永远向着阳光生长的植物——虽然小朋友们背后都偷偷叫他向日葵。他只是一个地地道道的庄稼汉，一个嗜酒如命言行荒诞的酒疯子。

向葵本名叫什么，谁也说不清，只晓得他姓胡，没有老婆，没有子女，彻头彻尾的一条光棍。他精通各种庄稼活，犁田、耕种、除草、施肥、收割，全是好把式，伐木、砌墙、挖土、搬运也都不在话下，一身的蛮力好像用不完，却从来不种自己的田，年头到年尾，他都为别人做事，像好莱坞大片里的雇佣兵。尽管他有耍酒疯的恶习，可是因为他从来不计较工钱，很多人家还是会请他干活。

每天傍晚，马路上都会有一个五大三粗的拎着酒瓶子的身影踉踉跄跄地走着之字步，一会儿骂骂咧咧，一会儿高唱花鼓戏，一会儿哼哼唧唧地哭泣，一会儿自顾自地大笑——不用他走近，就知道那一定是向葵。每到那个时候，外婆便会神色紧张地压低声音呵斥玩闹的我们：“向葵来了！快莫出声！”喧闹声戛然而止，我们动也不动地站在昏暗的房间里，竖着耳朵听他的脚步声。那等待他慢慢走远的几分钟是最难熬的，多年过去了，那份真切的恐惧我依然能回忆得起来。

然而，我们每次希望避开向葵，却不是每次都能避开。向葵有一个爱好，就是沿着马路“随机挑选”一些人家去讨酒喝，尽管每次来之前都已经醉醺醺了，可是依然要喝——而外公家，是他光顾得特别多的一个地方。他总是满口酒臭味地叫外公姑爷，叫外婆姑娭毑，虽然好像并无沾亲带故的关系，他却并不见外，自己拿杯子去陶屋的酒坛子里倒谷酒，再拖把椅子坐在外公家的地坪中央。谁也不愿意跟他说话，他却滔滔不绝地东家长西家短说起来，躲在房间里窗子下面偷听的我们从来不知道他在说什么，也不知道那慷慨激昂的语气里究竟蕴藏着什么样的传奇故事。直到所有人都进了屋子，他说到舌头打结，话也说不直了，才睡眼惺忪地站起身来，歪歪扭扭地走回去。

大人们都说向葵喜欢捉小孩，还说他一喝醉就会打人，让我们见他就躲起来，不能吵闹不能哭哭啼啼——然而，从小到现在，我却没有听说过一次向葵捉小孩或打人的事情，大概，他内心并不凶恶吧。

向葵帮别人干活赚了一些，日积月累的应该也不少，却几乎没有自己花过，除了不在别人家混酒喝时自己买点酒，他便没了花钱的地方。多年以后，我们知道了他的钱的出处，原来向葵有一个哥哥，家里条件不太好，还要养三个小孩，向葵便把赚来的钱都给了哥哥。后来，哥哥的大儿子考上了名牌大学，去了大城市——我猜想，他必定是感恩向葵的。

有的时候，我会想，向葵会不会是一个世外高人，在小山村里嬉笑怒骂、装疯卖傻，内心却清晰冷静地看着这个世界。也许一到夜深人静的时候，他就会穿上一身夜行服，飞身跳上屋顶，身轻如燕地几个纵跃后，消失在茫茫夜色里……不管是劫富济贫，还是除暴安良，我想，向葵必定是这样的一个人才符合传说的逻辑吧。

向葵不是怪物，也不是永远向着阳光生长的植物——

虽然小朋友们背后都偷偷叫他向日葵。

暮色苍茫

“你不给老子把堂客找回来，老子一开山子劈死你！”黑皮抡着斧头，嘴里咒骂着，猛地向老庚的房门上砸过去。破旧的木门发出一声呻吟般的钝响，木屑飞溅，裂开一条不规则的缝。

老庚一家人躲在房里，身子战栗，大气不敢出一口。

杀人这种事，黑皮绝对干得出来，村里人对此都不怀疑，也不敢怀疑。所以，人们都远远地站着，谁也不敢上前去劝阻。

黑皮又狠狠地劈了几下门，声嘶力竭地吼了一阵后，瞪着猩红的眼睛，提着斧子回去了。

凤林嫂盯着身旁两个孩子稚嫩的脸庞许久，突然放声哭了出来：“老庚啊，你何苦要惹这个瘟神啊！你管人家的闲事做什么啊！你要是出了事，让我们该怎么办啊——”老庚一声不吭，埋头抽着闷烟，谁也不知道他在想什么。

凤林嫂“腾”地站起身来，嘴里念着“不行，要找老伍去”，就踉踉跄跄往外奔去。老庚依旧没有抬头，猛地又吸了一口烟，炙热的红灰已经快烧到手指了。

暮色很快就吞噬了整个村子。各家各户的窗子里透出昏黄的灯光，格外恓惶。

老伍看着抽泣不止的凤林嫂，陷入了沉思：要解决问题，恐怕只有把黑皮的堂客找回来了。唉！不过黑皮这个杂种，把堂客打成那个样子，她娘家人恨不得将他千刀万剐，又怎么会放她回来？如果接回来了还是这种家庭关系，我岂不是作了孽？可是，这个杂种！杀人这事只怕他真的干得出来！我是断然不能眼看着老庚一家人受这种威胁啊！不过，想也是空想，索性等明天见了黑皮再说，是豺狼是野狗也要拔下他两颗牙来！

老伍把心一横，打发凤林嫂回去了，临走前劝慰她几句，跟她说今天晚上肯定不会出什么幺蛾子，不必太担心，明天一早他就会去解决问题。

老伍是村子里说大不大、说小不小的名人，用乡下话来说，是一个“有话份”的人。他是同辈中读了最多书的，二十几岁就当上了小学校长的人，方圆几公里，人们提到他语气中总是敬重的。老伍一起有六兄弟，老庚行四，老伍行五——按道理，这样一大家人也算有势的，可黑皮偏偏敢惹，还抡起斧子来惹！这不是亡命徒是什么？

老伍少年时也练过一些拳脚功夫，一般人动起手来，还真未必是他的对手。可是这黑皮，光个头就高出老伍一截，风里来雨里去，在庄稼地里练就一身结实的身板，平时挑个两三百斤都面不红气不喘，真动武的话，两个老伍一起上怕也只有挨揍的份。

第二天天一亮，老伍就约了自家两个兄弟，直奔黑皮家里。说不忐忑是假的，老伍心里像盘了一条几斤重的大蛇，阴阴地吐着信子，让他不寒而栗。可是，老伍说什么也咽不下这口气来，今天即使无可避免要干一架，气势上也绝不能输。于是，到了黑皮家坪里后，老伍吩咐两个兄弟站远一点，让他们见机行事，自己就提着嗓子朝屋里吼了一声："没教养的东西，给老子滚出来！"

"砰"的一声，那扇破门被踢开，黑皮提着斧子凶神恶煞般冲了出来。

老伍只差没吓得倒退几步，冷汗直冒。但他依然强装着威风凛凛的气势，身形纹丝不动。

"你是在骂我吗？有种你再说一遍！"黑皮隔着还有几米远，停了下来，一手提斧子，一手指着老伍喝道。

老伍看黑皮停了下来，倒是多了几分底气，怒目圆睁地又吼了一声："好样不学的家伙！你来砍我试试？你是不晓得我有几兄弟吧？你有胜算你就来试试！！”

黑皮瞥了一眼拐角处，不自觉地迟疑了一下。

趁着这个迟疑的当口，老伍又是一声怒吼：“听说你把瓷碗打碎了让你堂客跪几个小时，听说你还把你爹赶出了家门，你还算是个人吗？老庚他们几个人不是看不下去了，会把你堂客送回娘家吗？”黑皮本来就嘴拙，加上自己心知理亏，一时间涨红了脸，出不了声。老伍见状，放缓了一些语气：“我今天不是来找麻烦的，是来给你解决问题的。你要是心平气和谈一下，或许还有一点转机，你要是继续讲狠，我们几兄弟就奉陪到底！”

黑皮憋了半天，终于支支吾吾挤出几个字：“那……那你说怎么搞？”

老伍紧绷着的神经终于松弛下来，偷偷地吁了一口气。

“黑皮啊，你一直以来不是一个不明事理的人，”老伍的语气变得语重心长起来，“我也知道你的心情，堂客走了你肯定不好过，家里还有两个细伢子，没得娘以后最可怜的是他们。”

黑皮的脸突然抽搐了一下，瞳孔由大慢慢地缩了下来，继而转成了悲伤的神色，他那本来指着老伍的手颓然放了下去，仿佛从胸腔里发出一声凄楚的哭号：“啊——那我该怎么办——啊——”

老伍佯装怒道："有什么好哭的！还不把开山子扔了！当务之急想办法把堂客接回来！"

黑皮愣了一下，把斧子往边上一扔，脸上的戾气霎时间消失得无影无踪，取而代之的是一种怯生生的虔诚，语气也变得客气起来："伍老师，你有文化，你一定有办法！我是个粗人，你不要一般见识，你告诉我应该怎么搞？"

老伍叹了一口气，说道："事到如今，我是看在你两个细伢子的分儿上，给你帮点忙，只希望你以后做个好人！"

黑皮忙不迭地点头，一边从堂屋扯过来两把椅子，招呼老伍坐下。

老伍交代黑皮的第一件事，就是把自己的爹找回来，接着再让他去买了十来斤猪肉，安排人好好做几个菜。然后，让黑皮去把左邻右舍劝说过他的乡亲们请过来，包括老庚。饭桌上，黑皮端起一碗谷酒向众人道歉，承诺以后再也不会动手打老婆，再也不会赶父亲出家门。黑皮的爹抹了抹眼角的泪，站起来对老伍说："伍老师，谢谢你！黑皮今天这个样子，也有我的错，细伢子不能没有娘，就拜托你了！"说罢双膝就往地上跪去，老伍赶紧起身一把扶住，恳切地说："黑皮本质不坏，如果能改正错误，我相信以后他们两口子能好好过日子的，您放心，我一定尽力而为。"

暮色很快就吞噬了整个村子。各家各户的窗子里透出昏黄的灯光，格外恓惶。

当天下午，老伍先去了隔壁村的黑皮岳父家一趟，把这几天发生的一切都跟他们家里人说了一遍。末了，老伍说："我一定带黑皮过来认错，也一定保证他再也不敢打堂客，为了两个细伢子，请你们再给他一次机会。"黑皮岳父这一家子本来都是忠厚老实的人，听到老伍这么说，也就应允了。老伍松了一口气，悄悄叮嘱了他们家人几句，如此这般，就匆匆回去了。

晚上，老伍带着黑皮，提了两瓶酒、几斤肉过去了。一进岳父家家门，半个村的男人们都围过来了，群情激愤，有几个人高声嚷着"打死这个畜生"。老伍霍地站起身来，目光如炬，对黑皮吼道："还不跪下来认个错！保证以后再也不打人了！"黑皮想都没想，扑通一声跪了下去，往自己脸上用力抽了两巴掌，眼泪唰唰地往下流，却说不出一句话。黑皮的老婆眼眶一下就红了，冲过去一把搀住自己的丈夫，一边用乞求的眼神看着自己的父母。

"唉！上辈子造的什么孽啊！算了吧，算了吧……"黑皮的岳父长叹了一声，对黑皮摆摆手，示意他起身。

人群也渐渐散去了，顿时平静了许多。

老伍转头对黑皮说："早点回去吧！明天地里不是还有很多活儿要干吗？"说罢，向黑皮岳父家里人道别，一个人踏上了回家的路。

打这天起，黑皮真的像变了个人一样，脸上总是挂着和善的笑容，再没了一丝杀气。菜地里长新菜的时候，他总是摘几蔸，送去老伍家里。

新春老师

我的启蒙老师是一位老奶奶，名字叫吴新春，奋斗小学的老师都叫她新春老师。

新春老师的家在县城，她周一到周五住学校，周末会回城里。

说实话，即使我爸是学校的校长，妈妈是隔壁班的班主任，我也怕新春老师，怕得不得了——她是我这辈子遇到过的最严厉最认真的老师。

我们班有四十五个学生，起码超过一半都像小野物似的。我们小时候，基本都属于被“放养”的状态，爬树翻墙，无所不能。这么一大群野性十足的孩子聚集到一起，简直是灾难。然而，不到三天，一个班的孩子就变得服服帖帖，没有一个人敢做出头鸟。

新春老师其实不体罚学生，她连一根教鞭都没有，但是当她站在讲台上，用犀利的目光扫视全班时，那种不怒自威的气势真是强大到极点。

新春老师有超乎常人的耐心和我们耗，如果一堂课的知识点没有落实，她就会拖堂，整个课间整个课间地拖，如果一天下来该背的课文没有背，该默写的词语没有默写完，她会一直在我们身边坐到天黑，点着蜡烛到八九点也要过关——家长们后来知道了规律，到了那个时间就来学校接人。被留堂的学生回家免不了挨一顿打，所以只得逐渐纠正自己的坏习惯，在课堂上更专注、更认真，避免被新春老师留堂。

新春老师呕心沥血的教学态度得到了回报，我们班，在整个小学一年级阶段，无论期中还是期末考试，总是稳居全乡镇第一名。因为新春老师的普通话讲得好，所以我们整个班的同学普通话都不错，没有留下什么口音。

当然，新春老师也有不被理解的时候。由于她经常课间拖堂，课后留堂，有一些胆子比较小的孩子不敢举手，甚至大小便都拉在了裤子里。有一天，一位家长不买账了，气冲冲地来到学校，骂了很多难听的话，甚至扬言要打新春老师——尽管这个家长被其他老师劝离了学校，但是新春老师委屈得大哭了一场。在那个年代，老师不图家长任何感谢，完全是凭借一个人民教师的崇高信仰为孩子们奉献着，从一个月几十块的工资，到一百多，后来三百多……熬了多少年！因为我自己出身于教师家庭，所以对这个特别清楚，那时的教师是清贫的，他们本来就微薄的工资甚至经常还要被克扣，哪里要修一条路，哪里有一个什么民生工程，上面直接就从他们工资里划扣“捐款”，不用商量的。在那样的境况下，新春老师仍旧兢兢业业为了孩子们付出，实在是难能可贵的，她这样的老师还要挨骂，自然是委屈至极的。

那时的我，成绩还不错，所以几乎没被留堂过，但是我也调皮，伤过新春老师的心。

那是六一儿童节的时候，新春老师亲自选了四个男孩子，排练一个节目——唱京剧《红灯记》选段，唱词我现在还能记得两句：“我家的表叔数不清，没有大事不登门……”新春老师教了好些遍后，让我们四个找地方去练习，好不容易得了自由的我们四个人，翻围墙出去玩了一下午，爬树掏鸟窝，下水摸鱼儿，把后面的唱词都忘得一干二净。等我们一身泥漉漉地回到学校时，新春老师已经在校门口等着我们了。那天，她很生气，用“恨铁不成钢”的语气训了我们一顿，跟我们讲了很多道理，告诉我们对待任何事情都要认真，不能当儿戏，否则以后成不了才。那时的我们，似懂非懂地听着这些道理，只觉懊悔不已，懊悔的不是新春老师把这个表演机会给了四个女生，而是自己成了她失望的学生。

新春老师只教了我们一年，她每年都只带一年级，把一届又一届的“小野物”

我们班有四十五个学生，起码超过一半都像小野物似的。我们小时候，基本都属于被“放养”的状态，爬树翻墙，无所不能。这么一大群野性十足的孩子聚集到一起，简直是灾难。然而，不到三天，一个班的孩子就变得服服帖帖，没有一个人敢做出头鸟。

训练成读书郎的模样。我们后来才知道，新春老师其实一直有一个遗憾，因为她自己的小儿子大脑发育不好，只有几岁大的孩子的智力，她经常因为这个孩子黯然落泪。或许，新春老师看见小小的我们，就像看见自己的孩子一样吧，所以她把最严厉的爱给了我们。时隔多年后，我曾经遇见过新春老师，她早已经退休了，白发苍苍，笑容慈祥，依旧散发着师者的气质。

娄 爹

娄爹教了两代人。

我们的父母都是他的学生。

娄爹打了我们，我们屁都不敢放一个，我们的父母也屁都不敢放一个。

娄爹是我们小学三年级的班主任。那一年，他应该已经六十几岁了，早到了退休的年纪。由于乡村学校老师不够，所以他没有退休。在我的印象中，他好像带完我们那一年后，还上了几年课。

当时的奋斗小学，有三个老头子老师——戴爹、雍三爹和娄爹。他们有几个共同特点：一是极为严厉，课堂上几乎没有笑容；二是会讲老话，关于治学、做人的老话张口就有；三是会体罚学生，每人有一根令人心惊胆战的教鞭——都是长长的竹尺。用的时间久远了，竹尺都泛着奇异的色泽，宛如今天的文玩爱好者手里盘了千百回的蜜蜡的颜色。

在我们那个年代，体罚是天经地义的事情。大人们都信奉“严师出高徒”，他们经常讲，谁谁谁当年如果不是被雍三爹或者娄爹打怕了，后来不知道要变成怎样的“化生子”。所以，大人们对老师体罚学生竟然有一种莫名的感激之情——我们如果放学回到家，被家长发现手掌被打肿了，后果就是再挨一顿打，然后有一些家长还会提几个鸡蛋送去学校，以此作为感谢老师教育自家孩子的“手工费”。

在这样尊师重道的环境下，我们唯有夹着尾巴做人，不敢造次。

可是，我们依然逃不脱挨打的厄运，毕竟，我们除了老实做人外，需要做好的事还有很多， 比如背课文、默生词、做作业、考高分。

时至今日，我已经想不起娄爹上课时的模样，但是打手心的情景却历历在目，宛在昨日。

一般的老师打手心时，会让你伸出手来，直接用教鞭打下来。这个时候，其实有一些小技巧可以帮你减轻少许痛感——当教鞭挥舞下来的一瞬间，把手往下一坠，就能卸掉一点力道，有那么一点点“他强由他强，清风拂山岗”的意思。娄爹打了两代人，早就是一代宗师了，还能不明白个中的“武学奥秘”？所以，他会用左手捉住你的手掌，并且往下使劲，让你的手掌翘起来。娄爹每次都不急于打下来，他用右手执竹尺，要在空中虚颤三四下，然后再挥下来，非常有仪式感。娄爹每次打手心的时候，总是吐出舌头，用牙齿咬着，并且每打一下，他还要训几句再打第二下，训的话无非是“长记性了冇”“猪脑壳想不想事”之类的。

挨娄爹的打，最可怖的是挨打过程中的间歇时间，不管是挨打的，还是坐在下面看着的，都心跳加速，大气不敢出一口。

我们这一届比较惨，因为娄爹教上一个年级时，班上出了一个不怕打的学生——那位师兄要么真的练过铁砂掌，要么有着超强忍耐力，因为无论娄爹怎么打手心，他脸上总是云淡风轻的神情，嘴边还漾着一丝笑意。他每天来上学前，都要去小河小溪里摸点鱼虾，所以天天迟到，而且从来不写完作业，所以总是挨打。终有一天，娄爹气坏了，他决定升级他的装备——他把他的竹尺用刀破开了一截——这么做的目的，是为了每一次打下来后，上扬的一瞬间还能夹到掌心的肉，导致二次疼痛。然而，他那升级后的装备没对那位师兄起到任何震慑作用，他依然迟到，依然不交作业，依然从容地上讲台，微笑着伸出自己的手掌。娄爹后来也不打他了，他说打人其实好累。可是，这升级版的教鞭可把我们害惨了！

我有一个同班同学，名字叫章良。他是一个特别怕痛但是又总是挨打的人，他挨打的理由多到离谱，除了迟到、不写作业、考试成绩不好之外，还有很多千奇百怪的理由，比如偷了当警察的叔叔的手铐，把同桌铐在教室的窗户上，却把钥匙弄丢了；比如背课文时，第一句话之后就翻白眼了；比如某次写作文，要求是写一封信，他东拼西凑，抄来一篇，开头是“亲爱的表哥”，结尾却写成了“您的外孙章良”……总之，总有挨打的理由。娄爹每次叫章良上讲台时，教室里的气氛变得非常奇妙，一方面是害怕，另一方面却觉得好笑——娄爹用左手捉住章良的手掌，咬着舌头，右手在空中抖着竹尺，还没打下来的时候，章良已经发出了杀猪般的惨叫，整个人扭动起来，手掌一下举得老高，一下拽得老低，身子的动作比动画片里的汤姆猫还夸张。娄爹要打章良几板子，可是要费九牛二虎之力。

娄爹身体其实不太好。他总是剧烈地咳嗽，总是在学校走廊上用一个煤炉子熬中药，气味一点都不好闻，但是他几乎每天都要喝一大碗。

娄爹只教了我们一年。三年级结束的时候，我们内心一阵窃喜，终于摆脱娄爹了！可是不知道什么原因，后来我们在学校里看见娄爹时，他竟然变得越来越慈祥，他能叫出我们每个人的名字，而且不再训斥我们。

小学五年级后，我父母的工作调动了，我也离开了奋斗小学。后来，便再也没有见过娄爹。再后来，娄爹病死了——讽刺的是，当年的优等生一个都没去吊唁，章良、“铁砂掌”师兄以及几个挨打挨得多的学生却去了，他们在娄爹的灵牌前磕了头，落了泪。

我不知道娄爹这样的老教师算不算真正的好老师，他们不苟言笑，他们像古时候私塾里的老先生，浑身都是威严之气，让人敬畏。我没能记住娄爹上课的模样，可是我背得三年级所学的每一首古诗，我记得第二课是《南京长江大桥》，后来去南京，第一件事就是去看桥。我也不记得娄爹究竟说过多少有哲理的老话，不知道他究竟教了多少年书，教过多少个学生，但是我记得黄昏日暮之时，戴着冬帽坐在学校走廊上安安静静熬着中药的那个老人脸上的皱纹。

他是老一代教师的缩影。他应当被我们缅怀。

当时的奋斗小学，有三个老头子老师——戴爹、雍三爹和娄爹。他们有几个共同特点：一是极为严厉，课堂上几乎没有笑容；二是会讲老话，关于治学、做人的老话张口就有；三是会体罚学生，每人有一根令人心惊胆战的教鞭——都是长长的竹尺。

旧房子

“伟哥，这次去你家玩吧！每次放假都去我家，快腻了。”我冲黄伟嚷道。

“呃……”黄伟没有一口答应，而是迟疑了一下，眼神有些闪烁，“好，那就去我家玩几天吧。”

我开心地一拍他的肩膀，爽朗地笑道：“这才对嘛！让我也尝尝阿姨的手艺嘛！”

说笑了一下，我们又埋头钻进了题海里。

黄伟是我高中的铁杆兄弟，身材单薄，长相老成，是一名数学天才。高二时，理科班组织数学竞赛，我们数学老师让他代表文科班去考一下，他拿了个第一名回来。我惊讶地问他：“你数学这么牛，怎么不去读理科班？”他故作深沉，让人不得不怀疑他是在装×：“正是因为我文科没那么好，所以才来读文科。”

正是因为我们各有所长，又“臭味相投”，所以我们成了形影不离的好兄弟。

每到放长假，我都会邀请他去我家里玩几天，我父母也非常喜欢这个沉稳的男孩子，觉得他能消磨掉我身上的许多浮躁。

可是不知道什么原因，他从来没邀请我去他家里玩过——我甚至连他父母的面也没有见过。每次开家长会，都是他哥哥来参加——他的哥哥是一名律师，在长沙工作，每次都穿得西装笔挺，提着公文包，十分斯文。

这一次，终于有机会去他家里玩了！我盘点着他家那边还有哪些同学，到时可以约出来打打球、钓钓鱼什么的，他一边接我的话茬，一边头也不抬地做题目。

假期如约而至，我先回家待了两天，然后收拾了几件衣服，在一个早上搭上了去黄伟家的大巴车。

我和黄伟就读的高中是县城最好的两所高中之一，我们都是从乡镇中学考上去的，两个乡镇相隔二十多公里，不算近。大巴车走走停停，可能开了一个多小时，才到我和黄伟约着见面的地方。远远地，我就看见他跨坐在一辆自行车上，朝我挥手。

我跑过去跳上了他的自行车后座，他载着我朝他家的方向飞驰。

不多时，我们来到一栋楼房前，他向我介绍，这是他大伯家里。我也没有细问，毕竟客随主便，他怎么安排我就怎么玩呗，住哪里都一样。临近中午的时候，他的父母提着两大袋鸡鸭鱼肉过来了——这是我第一次见黄伟的父母，他们比我想象中的苍老很多，父亲是一个老人的模样，母亲显得略年轻一点，衣着都十分朴素，但是很干净。他们热情地与我寒暄，和我聊一些家长里短。中午，他们做了一大桌子丰盛的菜肴，不停地招呼我多吃一点。饭后，黄伟的大伯去田地里忙了，他的父母也回家去了，我们骑着自行车，去了几个同学家里坐，又去附近的小学打了一场球。回到他大伯家时，已经是傍晚，他的父母也过来了，又做好了一大桌饭菜。

那几天，基本就是这样，他的父母总是在饭点前赶过来做饭，与我们同吃，但是吃完后就回自己家里去，留我们自己玩耍。

一直到回去，我也没有问黄伟怎么不去他自己家里，这可能与我大大咧咧的性格有关吧。

后来，我们高中毕业，各自去了不同的城市求学，大学毕业后，我们又在广州相聚，在一起合租房子，去不同的公司工作。他去了一家会计师事务所，我去了一家教育培训机构，接下来我们各自兜兜转转，为生活打拼着。

再到去他家时，已经是近十年后的事了。

那一年，我们回家过年。因为得知黄伟家盖了新房子，我们几个好朋友相约前去道喜。按照黄伟给的导航地址，我们开车到了一栋洋气的小别墅前。听到鞭炮声响，他们一家人都出来接我们，并带我们参观了他们的新居。

吃饭时，他的父母依然是做了一大桌子饭菜，依然是热情地劝我们多吃一点。

饭后，黄伟的父亲突然拉住我的手，泪水在眼眶里打着转，他的声音有一些哽咽："李卓，我知道你和伟子是最好的兄弟，这么多年了，你们还是像亲兄弟一样，我真的很高兴！伯伯有一件事情压在心里近十年了，今天想跟你说，你跟我来——"

一瞬间我变得不知所措，赶紧看向黄伟，却发现他低头不语。

我随着他的父亲往他家房子后面走去，在崭新而洋气的小别墅后面，是一排连四间的土砖屋。整个房子连一块红砖都没有，全由土黄色的泥砖堆砌而成，房子里空空荡荡，没有一件像样的家具，原生态的泥巴地面坑坑洼洼的，一点水泥的痕迹都没有。这栋旧房子里，唯一的彩色，就是其中一间房子里满墙的奖状。

说实话，那一瞬间，我真的觉得无比震惊。我和黄伟兄弟多年，但我竟全然不知道他家境如此贫寒。我以为他只是节俭。

黄伟的父亲一边揩着眼角的泪，一边打开了话匣子："李卓啊，只怪伯伯没本事，家里一直就是这个样子，当年你经常邀请伟子去你家里玩，招待他好吃好喝，可我们家，实在不是待客的地方啊！那一年你说要过来玩，我和伟子的妈妈实在很惭愧，怕怠慢了客，才让你们住他伯伯家的。”

我心中涌现出无限酸楚，看着眼前这个老人，不知道该用什么言语去宽慰他。

他停了一下，又说：“伟子读高中的时候，他哥哥刚刚到长沙找工作，收入也不稳定，我又没有别的本事，只能每天出去收点废品，赚点钱给伟子做生活费。你应该不知道，伟子的生活费我都没有一个月给满过，都是一个星期去送一次的，每次都是让他来校门口拿的，我从来不敢去你们宿舍，怕同学们看见了笑话伟子。”

听到这里时，我再也忍不住眼中的泪了，心里生出许多的歉意来——为我曾经给他们家添的几天麻烦，为我曾经因为一时的贪玩而让他们杀鸡宰鸭，一天来回几趟地折腾。

他擦干了泪，叹息了一声，接着说：“李卓，这栋旧房子，伯伯是特意留着给你看的，我怕你误解伟子，觉得他不好客。但是，我知道你们兄弟情深，一定是能互相理解的。”

我点点头，心中无限感慨。

整个房子连一块红砖都没有，全由土黄色的泥砖堆砌而成，房子里空空荡荡，没有一件像样的家具，原生态的泥巴地面坑坑洼洼的，一点水泥的痕迹都没有。

谁能知道，这样的一个贫寒的家庭，却生养了两个优秀的儿子。黄伟的哥哥后来在长沙发展很不错，成了一个大律师事务所的合伙人，黄伟也在广州拥有了自己的一家会计师事务所，他们一直是那么地不卑不亢、沉稳努力，在自己的专业领域都取得了不俗的成绩。当时的那栋小别墅，是两个儿子赚钱后第一时间为父母盖的。

人世间有很多平凡而伟大的故事，关于那栋旧房子，关于那个推着三轮车收废品的老人，关于那个在校门口给自己的孩子送生活费的父亲，都是能打动人心的故事。

后来，我上课的时候，偶尔会跟孩子们说起这个故事，我告诉他们，无论我们出身怎样，我们都能通过自己的努力改变命运，无论我们的父母能力如何，他们总是把最好的东西给了我们。

谨以此文献给黄伟的父母，以及所有平凡而伟大的父母们。

巢鼻涕

巢鼻涕是我高中的化学老师。

不知道他自己知不知道自己的花名。不过我想，即便他知道了应该也会满不在乎。

为什么会有这样一个邋遢的花名？真怪不得起这名字的人——实在是太形象了。

秋天，凉风刚起的时候，教学楼的走廊尽头走过来一个人，成功吸引了所有人的目光——只见一个人，裹在一件军绿色的棉大衣里，竖着的衣领中藏着一个棱角分明的头，两只手插在大大的口袋里，脚上穿着一双老北京棉布鞋，步履极慢。要知道，这个时候我们才刚刚穿上秋装，不诧异才怪！待他走近，就知道是巢鼻涕无误了。他的头发极具辨识度，普通人的头发是一丝一缕的，他的头发却像是一坨一坨的——如果像电视节目一样给他加一点后期效果的话，加一群嗡嗡乱飞的苍蝇再合适不过了，天知道他多久洗一次头发！乱发之下，便是一双带有些许迷离、些许颓废的眼睛，躲在啤酒瓶底厚的眼镜后面。最令人不能接受的，是他的鼻毛。成年男人总会长一点鼻毛，这个很正常，剪掉就行了，但是他应该从来不会修剪，而是任由它们肆意生长，竟至于形成了自然卷曲！巢鼻涕还有一个极大的特点，就是他的一口牙齿——他烟瘾极重，只要张口，方圆十步之内全是烟味。整口牙齿都是黄中带黑，有一口门牙还豁了半边，所以只要他稍微激情一点开始讲课，前排的几位同学便会默默竖起书本来，以抵御他飞溅的唾沫星子。

看完巢鼻涕的“画像”，相信你对于他的花名不会再感到奇怪了。

上课铃响后，巢鼻涕进教室了。班长朗声喊道：“起立！”我们齐刷刷站起来，向老师问好：“老师……”可“好”字还没喊完，他就拖长了音调有气无力地说：“算了算了，不用问好，坐下吧。”我们只好把那个字活生生吞进去，仓皇地坐下来。巢鼻涕从来不带教材，虽然他只有三十几岁，从教的时间不算特别长，但是他对教材无比熟悉，哪一页，哪个知识点，哪道例题，他都清清楚楚，这点是特别令人佩服的。有时候，他也会带一点“学习资料”。不可思议的是，他会把它放在某个口袋里——他面对着黑板，慢慢地挨个口袋掏摸着，这里掏一下那里掏一下，最后不知道从哪个口袋里摸出一个纸团——他不紧不慢地把它展开，到最后我们才发现这是一张化学试卷。

巢鼻涕的声音总是含着一种愤世嫉俗的情绪，而且，拖长的声调很有催眠的效果，总是让人昏昏欲睡。而且他几乎不会管我们打没打瞌睡，总之按他的节奏讲课，不会理会一切干扰因素。

从这个意义上来说，巢鼻涕不算是一个好老师。什么“循循善诱”“因材施教”“抑扬顿挫”“声情并茂”的词语都跟他没有关系，我们总觉得他应该是怀才不遇，对这三尺讲台未必有足够的热爱。

他确实是一个高材生，这一点是毋庸置疑的。有一个关于他的传说——那年，他参与高考的监考工作，他坐在讲台前，倒着看第一排学生的理综试卷，等学生做完题，他的标准答案已经出来了。所以，巢鼻涕其实算是一个天才级别的老师。他的解题能力，在全校都是数一数二。

巢鼻涕应该没啥业余爱好，因为每天的晚自习他都会准时出现，他执教的班应该有三四个，所以他会挨个教室去转悠，看到有做化学题目的同学，他就在旁边停留一会儿，或是一言不发，或是指点两句。有时，他也会指点一下做数学题目的同学，“这道题，非常简单，你看……”这仿佛是他的口头禅。

我们其实应该庆幸有巢鼻涕这样的老师——他的个性，他的那种带着颓废

到今天为止，他还耕耘在三尺讲台上，我不知道他有没有变化，但我希望他找到了快乐。

的傲气，其实是一个读书人的气质。竹林七贤当年还裸奔呢，他的不修边幅其实算不上一个罪过。我的一生中，遇见过各种各样的老师，他们之中，有的严厉，有的博学，有的儒雅，有的激昂，无论是哪一位师者，总有一些东西影响着我们。

时隔多年，写这篇文章不是为了嘲讽巢老师。相反，我觉得他是一位可爱的老师，所以想用文字怀想一下他。到今天为止，他还耕耘在三尺讲台上，我不知道他有没有变化，但我希望他找到了快乐。平凡是我们大多数人的归宿，如果注定了平凡，就让我们享受平凡的快乐吧。

少年的江湖

江河在大地上纵横
雨雪和阳光在四季流转里交错
风唱了一曲又一曲歌谣
少年的梦撒了一路
正好是我喜欢的模样

为民除害

从奋斗小学到奶奶家，要穿过一条田垄。

不到一尺宽的泥巴路，在一片春天绿油油秋天金灿灿的田间蜿蜒穿梭，路的尽头，第一户人家便是奶奶家。

那天，爸爸妈妈有事，没人给我做饭，便要奶奶同村的刘滔带我去奶奶家住一晚。

下午四点多的春天，阳光还暖暖地映照着大地，微风拂过，一眼望不到边的水田里泛起了层层叠叠的绿波。刘滔一路上兴奋地跟我讲着好玩的事，不知不觉已经走到了田垄中央。

正当我沉浸在他描述的趣事当中时，冷不丁他触电般地大叫一声，脸色惨白，往后猛退几步，我只差没被他吓得两腿发软瘫倒在地。过了几秒他才缓过神来，一手抓住不知所措的我，一手指着前面的小沟里，颤抖着说："有……有蛇……"

比胆小他肯定比不过我，我这种几乎啥风浪都没经历过的小胖子哪有什么主意，只是怯生生地看着他，颤音更明显地问他：“那……那……那该怎么办？”

我永远也忘不了刘滔当时昂首望向天边的夕阳，陷入沉思的样子——倘若配上一件风衣，点上一根烟可能更能增添画面感。过了半晌，他眉头微蹙，扭过头来深深看了我一眼，低声说：“我们要为民除害！”言语不多，可每个字都仿佛透着一股力量，让我在那一瞬间热血沸腾。

“那你说我们怎么做呢？”我用无限崇拜的眼神巴巴地看着他，期待他明示为民除害的计划。

“我们先找找有没有棍子、砖头之类的。”刘滔一边四处张望，一边对我说。我们回头走了百来米，一无所获，田垄上除了泥巴就是杂草，一棵树也不见，更别说砖头了。眼看没有武器的我们就要陷入进退两难的境地，刘滔突然激动地对我说：“有了！有办法了！”紧接着，他蹲下身子，从头顶取下斜挎在身后的油布书包，手忙脚乱地在里面摸索，我则兴奋、紧张又好奇地弯着身子在一边看着，猜想他会拿出一件什么了不得的武器来对付这条蛇。过了好一会儿，什么也没从书包里掏出来，他又站起身来，在口袋里掏来掏去，我就更好奇了，又不是哆啦A梦，口袋里还能藏着什么秘密武器？

“哈哈哈哈！找到啦！”谜底在他一阵得意的狂笑之后揭晓了，我看见他从裤袋里掏出了一根大约半寸的铁钉。也没理会我充满疑惑的眼神，他开始唾沫横飞地谈他的计划了：“胖子，我们就用这根钉子把蛇钉死！”直到今天，我还在怀疑自己的智商，大约跟这件事脱不了干系——因为我竟然傻傻地问道：“那我们应该怎么钉死它呢？”

刘滔豁达豪气地冲我一笑，朗声说：“你去把蛇抓住，按住它的头，我来钉钉子。”那一刻，我竟然觉得这是一个好主意，点点头说好，蹑手蹑脚走近前去，抓住了那条蛇冰凉的尾巴，把它拎了起来。我扭头看了一下刘滔，想咨询他接下来该怎样按住蛇头，可我发现他站得离我差不多有两米多远，猫着身子，神情无比慌张。就一扭头的工夫，再看手里时，那蛇正用力扭动着身子，回过头吐着信子，张口向我咬来。我大叫一声，把蛇往田里一扔，回头向刘滔喊道：“快跑！”可哪还有他的人？如果没记错，他已经狂奔至五十米开外了。

我越想越怕，奋力追赶他越跑越快的背影，生怕脚下又窜出一条蛇来。

这个故事就是这样的。可是后来刘滔告诉我，他回家之后拿了他家祖传的宝剑，独自一人回去斩了那条蛇，为民除害了。

我深信不疑了好多年。

从奋斗小学到奶奶家，要穿过一条田垄。

不到一尺宽的泥巴路，在一片春天绿油油秋天金灿灿的田间蜿蜒穿梭，路的尽头，第一户人家便是奶奶家。

四季里的游戏

一代人有一代人的游戏。“80后”的我，出生在湘北一个小山村，那时的我们，没有电脑，没有手机，但是我们拥有大自然，拥有一颗简单快乐的童心。

如果你们愿意，我想带你们回到那个美好的时代。

一

春天，整个原野都是一片嫩绿。

河边、田里、枝头，到处都是绿茵茵的。河水很清澈，哗啦啦地流淌着，撞上石头，就激起一帘雪白的浪花。这个时候，打一双赤脚，踢踏着浅水，就能感觉到春的生命力。

我们总是能找到很多好玩的事儿——且不说捉迷藏、抓强盗、采茶盘、摘野草莓、钓鱼这些，河岸上的柳树就能给我们带来无尽的快乐。

小伙伴们先是折上十来根粗细匀称的柳枝——折柳是不必有太多伤害生灵的负疚感的，它的“繁衍”能力，超出你的想象。随便折一根柳枝往河岸边一插，第二年就长成一棵小柳树了。古人折柳惜别，一来是因为“柳”和“留”谐音，二来是柳条的形态“似牵衣带话，别情无极”，第三个原因则是因为它易于生存，所以寄托了对友人“随遇而安”的一种祝福。

折完柳枝后，我们就拿出随身携带的削铅笔的小刀，围坐一圈，细细地切成两根火柴长短的小木棍，然后，按一定的规则“去皮”——比如全部的皮都削掉叫“光棍”，中间削掉两端留皮叫“扁担”，留三段皮叫“小王”……类似这种，有十来种称谓，组合在一起有点像一副扑克。

全部的柳棍儿都削好后，找一块水泥坪，用粉笔画一个圆圈，然后一个小朋友捧起一大把柳棍儿，扔在圆圈里。接着用剪刀石头布排序，一个接一个地去捡柳棍儿——这可是一个技术活！柳棍儿是横七竖八堆在一起的，游戏的规则是捡的时候绝不能碰动其他柳棍儿，所以手一定得轻，捏、滚、扒、抽、推、抬、撬……手法很多，每当一个小伙伴趴在地上小心翼翼地捡柳棍儿时，余下的三四个人都屏息凝神，死死地盯着，不放过极其轻微的一次“颤动”——只要一动，就换下一个。这个游戏的精华部分就是捡柳棍儿的这个过程了，因为往往捡完，胜负基本就分出来了，“大牌”打“小牌”，就是三下五除二的事。我们小伙伴中有一个五大三粗、膀大腰圆的胖子，按道理手脚是愚笨得很的，却每次都能“一把清”，只要轮到他捡柳棍儿，后面的人基本没戏了。

可就是这种看似枯燥的游戏，我们可以从清晨玩到日暮，乐此不疲。

二

天气渐热的时候，男生们的游戏项目就丰富起来了。有时，男生们也会参与女生们的游戏，比如跳绳，比如跳橡皮筋，当然了，跳法上跟女生们还是不一样的，女生跳的是轻盈优美的，男生拼的是弹跳力，一级一级越跳越高的，皮筋最后挂两个人脖子上都不过瘾了，甚至要举过头顶。

可是无论如何，男孩子还是不甘心就跳一跳皮筋的。我们当年最爱的一个游戏，叫“抢经”，也叫“攻城”——地上画出两个紧挨着的框来，代表两个城堡，大家都挤在两个框里，相邻的那根线是城墙，不能推人拉人，但是出“城”的路上，必须通过一条狭窄的用线画出来的“道路”，这里有很多敌方的守卫，你经过的时候，他们会用尽全力推你，如果脚踩线了就算“阵亡”了。获胜标志是一方突破重围，进入敌方的城堡，一脚踩上最角落的一根线，游戏就结束了。

那时我们就盼着身体强壮的或者特别灵活的小伙伴加入自己的战队，他们在攻城或者守城时都占据了绝对优势，要么别人推不动，要么在地上一个灵活的滚儿就出了城，直捣敌军城堡，瞬间解决战斗。后来我们大家都学到了诀窍，就是脚不踩线，身体打滚是避开防守的最佳方式，就一个接一个在黄泥地里打滚——整个攻城的游戏区，尘土飞扬，一个个男生满头大汗，一身黄泥，欢笑声、呐喊声此起彼伏，那种酣畅淋漓的快乐，像一只小鸟扇动着翅膀，冲出九霄。

回家免不了挨一顿臭骂，但是第二天远远地看见又有人在组织“攻城”，把书包一扔又欢叫着冲了过去。

我后来翻看童年的相册，发现自己没有一件白衣服，大概跟“攻城”游戏有关系。

三

秋天是一个收获的季节。回想起来，好像一到秋天我们就变得嘴馋。

我忍不住把一些并不光彩的活动归结为“游戏”，也许并不恰当，但是值

一代人有一代人的游戏。“80后”的我，出生在湘北一个小山村，那时的我们，没有电脑，没有手机，但是我们拥有大自然，拥有一颗简单快乐的童心。

得回忆。

我有一个同学，特别慷慨大方。他家里是当地有名的大户人家，山多地多，橘园、瓜地、桃林、鱼塘、玉米地、红薯地啥都有，每逢秋天，瓜果飘香的时候，他就带着我们一群小伙伴，去他家的山上偷这偷那。仔细回想，这种行为就是真正的“监守自盗”吧。

由于他十分熟悉自家长辈的作息时间，看家护林的狗跟他又亲，所以长久以来我们都没有被发现过。

我们总是一群人扯着一个大蛇皮袋，钻进他家的橘园里，左掰右扯，以最快的速度装上大半袋，然后在他的指挥下逃出去。记得我们总是逃到一个大水塘的堤下面，一边说笑一边剥皮，一直要吃到肚子胀得不行，连连打嗝才停。

有时，他也带我们去他家红薯地里刨十几只红薯，还是去到那个塘堤下面，烧起一堆火来，把红薯埋在灰下面，慢慢地烤。时间差不多的时候，拿棍子把红薯扒出来，把灰拍干净，再一掰开，金黄的红薯肉就冒出热腾腾的香气，一口下去，虽然烫得人嘴巴直哆嗦，但别提有多甜了。

这个慷慨的同学已经有很多年没有联系了，可我内心依然感激，感激他曾带给我们的那些快乐。虽然是一群野孩子的“偷窃”游戏，但是由于有了友情的点缀，记忆中的秋天如童话般美好。

四

二十多年前的冬天，和如今的冬天相比很不一样。

某个早晨醒来，推开窗户，突然之间就发现整个世界变成了白茫茫的一片。屋檐上垂着半米长的冰凌，水缸里、门前的池塘里，都结上了厚厚的一层冰，别说石头砸不破，几十斤重的小朋友跳上去都没点事。

我家住学校，每天上学不用走路，出门就是教室。同学们都十分羡慕我，可是他们不知道我多么羡慕他们。

于是，一有机会就往奶奶家或者外婆家跑，为的是什么呢？为的是早上能穿一双高高的筒靴在雪地里行走，厚厚的雪快没过膝盖，每走一步都很艰难，可是开心，因为有好大一群小伙伴一起去上学；为的是可以自制一个小火炉——把一个废旧的油漆桶翻过来，用钉子把桶底钉出无数个小孔，像个筛子似的，然后用一根略长的铁丝做一个提手，小火炉就制作完成了。先放几块烧红的木炭进去，再抓一大把干的木炭盖上去，不多时就浓烟滚滚了。这时，最快乐的事不是烤火，而是把小火炉抡起来，风灌进去，火就熊熊燃烧起来，红色的火光映红了孩子们的脸颊，还有比这更快活的事吗？

那时的学校，好像也不在意什么消防之类的事，可能有两个原因吧：一是没啥可烧的，二是全是平房，场地又开阔，起码出不了大事。加上老师们自己也能感觉到冷，所以教室里允许大家带小火炉进去，大家都把小火炉放在桌子底下，烤一下手和脚。窗外北风呼呼地刮着，窗子里木炭、松脂的味道弥漫着，偶尔有谁带的木炭不够干燥时，整个教室里浓烟滚滚，咳嗽声一片。大家又是好气又是好笑，可是我印象中从来没有见哪位老师为此批评过谁。

由于每个同学带的木炭有限，所以小火炉的“续航能力”严重不足，每天到第二节课的时候，基本所有的小火炉就偃旗息鼓了。零下几度的冬天可不好挨，于是老师亲自指挥，把教室一前一后两个角定为“挤油区”，女生在前面那个角，男生在后面这个角，一群人高喊着口号：“挤油——撞油——嘿嗬——”然后猛地朝墙角冲过去。一二十个人在那里喊着口号“挤油”的画面我至今不能忘怀，课间十分钟，整个校园仿佛都被注入了精神力量。到上课的时候，往左右看去，每个同学的头上都冒着热气，那些被挤到“核心区域”的同学，甚至额头上直淌豆大的汗珠。

那时的我们，四季都有游戏。

那时的四季，是简单却快乐的四季，是贫寒却知足的四季，是埋藏在我心底如宝藏一般的四季。

少年的江湖

前段时间听了公安大学李玫瑾教授的一个讲座，谈到许多青少年主动找“坏孩子”交朋友的原因——一般来说，是因为他们感受到了不安全，或者遭遇了一些欺凌，所以才主动结交“坏孩子”，因为谁也不敢轻易欺负身边有“坏孩子”朋友的人。

深以为然。

继而想到了我的初中时代。

1997 年，我进入镇上唯一的初中读书。忘记了自己多高，总之是全班最矮的男生，白白胖胖，懵懂无知。

我爸担心我在初中受欺负，又或者是为了管好我的学习，特向教育办申请，从小学调入了初中任教。我在 144 班，他在 146 班当班主任，教语文和政治，和我们班只隔一个 145 班。

事实证明，他的判断和决定是有道理的。当年的初中，真的很乱。

不得不说，当年我们这代人，受香港古惑仔电影、黑帮电影的影响太大了——发型、服装、兄弟义气，甚至说话的口气都与电影里的角色相似。

先说发型，那几年还不流行爆炸头、“杀马特”、非主流，流行中分、三七分、碎发，男生最爱染的颜色是黄色和酒红色，学校管得严，就挑染一绺头发，教导处的老师来检查的时候，就捋一下，可以藏起来，等老师一走，就甩一甩头，那一绺黄头发就飘出来了——多年后看《疯狂的石头》，觉得黄渤甩头的动作就是我们这一代人的原创，他只不过借鉴了一下而已。梳分头的同学，总是抹一头的“摩丝”——泡沫状的发胶，抹在头发上，定型效果好得不得了——把头发简直定成了一根根铁丝，十级大风都吹不乱。那时候男同学们挂在嘴边的一句话是“头可断，发型不能乱；血可流，皮鞋不能没有油”。我爸最憎恶梳中分的学生，每次跟我和弟弟评价中分时，总是充满鄙夷地说那是“汉奸头”。我听信了一半，不梳中分，不打摩丝，偷偷用啫喱水梳三七分。我爸对此依然鄙夷，不过程度稍轻。

然后就是服装，夏天的时候，无袖衫是男孩子们的首选，裤子一定是宽裤脚的喇叭裤，最好整个鞋子都能罩住，裤鼻子上最好是吊几根银晃晃的链子什么的，最炫酷——后来好多人家里装固定电话时，赠送了 BP 机，BP 机一般就是用链子挂在皮带上的，大人们那时候反倒不太用BP机，我们就拿了挂在身上——尽管一年到头也没响过两三回。没别的，炫酷。

说话的口吻，就五花八门了，当年觉得特别厉害的话语——“你信不信我让你出不了这个门”“今天你们要是打不死我，我以后一定打死你们”“××是我兄弟，你动我试试看”“你算老几”……一个特别有意思的现象，就是打人的人大家觉得好厉害，甚至钦羡，这个合情合理；可是经常挨打的人，大家也觉得他厉害——仿佛能被打，也是很了不得的，经常挨打的人可能也意识到了这点，泥巴地里爬起来，拍拍身上的灰尘，脸上一副不屑和无所谓的表情，欣然接受大家的“仰慕”。这个现象特有意思，好像不仅是在少年时代，成人的世界里也很常见。

按道理说，在这么乱的时期，我爸及时出现，守护在我身边，我应当十分感激才对。可是，少年的心思，又岂是成年人所能参透的呢？我非但不感激，而且十分抵触。

我不愿意跟他在学校里并排走路，不愿意老师们以长辈的温和的语气跟我说话，不愿意别的同学知道我爸是146班的班主任。既然有这么多不愿意，那我倘若受了欺负，也一定是不愿意告诉他的。

1997年，这个矮个子的白胖小子，心里憋了一股劲：我要用我的实力有尊严地活着！

因为这股暗劲，我爸的所有关心、关注的行为，在我眼里都成了“白色恐怖”。

特烦下课和同学在教室里追追打打时，某个同学拼命地向我眨眼暗示，扭头一看正是我爸在走廊窗户外的“死亡凝视”；特烦放学回家吃晚饭时，我爸假装不经意的一句“今天下午第二节课，你是什么事和后面那个女同学聊得那么开心”；特烦学校的老师们总去我家里吃饭，然后关心我各科的成绩……这么多的“特烦”，慢慢地就转变成了“叛逆”。

初二时，换了一栋教学楼，他的班不再和我们班是同一层了，我自由了！

懵懂无知的我，开始踏足少年的江湖了。

事实上，我并未主动结交“坏孩子”，而是他们慢慢向我聚拢了。什么原因呢？回想起来有这么几个缘由——最关键的是我的“慷慨大方”，班上男同学成绩特别好的只有几个人，其他几位都很内向，而且有原则，作业一定不会轻易借出去给人抄的，更遑论考试时纵容前后左右的同学舞弊抄袭了。考试时，他们一定是用草稿纸盖着写答案的。今天来看，他们当然是对的，可是那时的我对此十分不屑。我的作业随便抄，考试时前后左右的同学把我卷子扯过去也没问题，实在管得严，我就把选择题答案写在纸条上扔出去。不用想，每每这时，在那帮“坏孩子”的眼中，我的头顶上是有光芒的。我猜他们一定觉得我十分讲义气，是江湖同道中人。所以，他们都叫我兄弟。

某次，在学校食堂排队买早餐时，有一个调皮的男孩子从铁栏杆上直接翻进去，插队不说，还踩到别人的肩膀，当别的同学说他时，他凶神恶煞地咒骂别人。也不知是哪来的正义感和勇气，我挺身而出，训斥了他一顿，他见我比他矮一截，又不像个习武之人，挥拳便打过来。一拳还没打过来，我身后的“坏孩子”们一拥而上，把他揍了个鼻青脸肿。在他灰溜溜离去之际，“坏孩子”里有人冲他吼了一句：“卓哥你都敢打！我怕你疯了！”我难以描述当时我脸上胜利的光泽，想必是极骄傲的。那天，和一大群“坏孩子”拿着早餐回教室，简直比宋江扛着“替天行道”的大旗在梁山上遛弯儿更威风。

从那天起，我觉得我长大了，牛 × 了。这群兄弟可比我爸对我的保护力度大多了。

尽管他们打群架从来不会叫我，但是我依然觉得自己是江湖中的一员，不是书呆子，而是一个又会读书又有侠肝义胆的少年英雄。特别值得提一下的是，在当年，我们没有类似今天的校园欺凌，“坏孩子”们虽然热血，但是骨子里都还有些“侠气”，往往都是横的对横的，恃强凌弱的现象并不多见，一味地欺负软弱在我们那个时候是会被人瞧不起的。

整个初中时代，就这么“混”过去了，故事以我考上了重点高中，那群“坏孩子”去社会上闯荡人生而告终。以后的少年江湖也许还是江湖，但一定不再是我们这代人的江湖了。一代人有一代人的文化，一代人有一代人的价值观，社会在变迁，少年们的江湖也在变迁。我也不知道自己是否曾经到过江湖，还是只是远远地望见过它。毕竟，没有横刀立马过，没有头破血流过，甚至，哪个女生漂亮，哪个女生不漂亮，我都没和他们讨论过。

多年后，偶尔忆起他们，颇多唏嘘感慨，当年的那一群“坏孩子”，有的功成名就、风生水起，有的真的就成了“古惑仔”，亲身去体验了“监狱风云”。今天，不想评论家庭教育或学校教育，只是回忆一下那个消失在湮远岁月里的少年时代，仅此而已。

我也不知道自己是否曾经到过江湖，还是只是远远地望见过它。毕竟，没有横刀立马过，没有头破血流过，甚至，哪个女生漂亮，哪个女生不漂亮，我都没和他们讨论过。

露天电影

二十世纪九十年代，我还从来没有听说过“电影院”这个词语。

没有什么电影预告，观影时间也不确定——方圆几公里，只要听说哪里有人结婚，哪里有人办大寿，哪里有人生小孩，吃完晚饭就约几个同学往那里赶。大部分时候，我们是不落空的，远远地看见人家的坪里挂着幕布，就开心得不得了。荧幕前，最先聚集的一定是一群兴奋的小朋友，大家七嘴八舌地猜测今晚放的是什么，每个人心里都默默地祈祷着一定要放武打片。

文艺片、剧情片在那个年代的乡下是没有观众的，大人们最爱枪战片，小朋友们最爱武打片，如果遇到李小龙、成龙、李连杰的电影，整个现场都是沸腾的。想念极了那样的夜晚，凉风习习，皓月当空，上百人坐在空旷的坪里，看一部或者两部电影。那样的一块幕布，就是我们的精神世界，是我们的快乐之源。

我们那时候可羡慕那些电影放映员了，觉得那简直是全天下最幸福的职业。

虽然作文里我们都写了理想是当科学家、警察、老师、联合国秘书长，但是其实都不如当一个电影放映员的理想来得强烈。

因为放电影的人家基本都是办喜事，所以，茶水、瓜子花生等供应很充足，有些大户人家，到了换片子的空当，还会提供煮面条——在土灶上支起一口大锅，煮一大锅骨头汤，面条放进去煮几分钟就捞起来，往碗里一分，再舀一勺现炒的土猪肉盖在上面，一碗香喷喷的面条就做好了。村里帮厨端碗的人很多，不用担心吃不到，只消一会儿，就人手一碗了。对于嘴馋的我们，那一碗面条简直就是人间美味。

孩子们最喜欢的观影位置，一是放映机的边上，一是幕布后面。待在放映机的边上，是因为有机会捡到放映员剪胶片时，扔掉的一小截胶片，第二天拿到学校去，围观的人可多了。对着太阳，可以看到微缩的人物画面，一帧一帧的静像，在屏幕里怎么动起来的，而且还有声音，这些对于当时的我们来说实在太神奇。待在幕布后面，是因为清静自在，想坐就坐，想站就站，想模仿里面的武林高手腾挪闪躲就模仿，没有人管，在幕布前方恐怕就没这个自由了。

除了人家办喜事放电影，学校每学期也会组织看电影，当然了，看的都是爱国主义教育类的电影——不过，在那个时代，演员很专业，特效也不多，所以像如今那种充斥在电视里的“神剧”很少。在学校的操场上，我们看过了《小兵张嘎》《闪闪的红星》《地道战》《地雷战》《烈火金刚》《英雄儿女》《洪湖赤卫队》等许多经典电影，不得不说，它们都是我们记忆里永远的经典。我们为之热血沸腾，我们为之热泪盈眶，一部部电影，让我们的内心种下了爱国的种子，树立了报效国家的志向，于我们一生而言都有着积极的意义。

越往后，感觉就看不到那样的电影了。我们现在去影院，第一选择往往是喜剧片或大片——我们对情节越来越挑剔，对画面、特效越来越挑剔，而看完电影后，那种情感共鸣和思想上的冲击反而没那么重要了。或许有人会说，我们小时候所看的电影倾向于思想上的控制，可我觉得，如果文艺作品能让我们自然地去爱这片土地，爱这个国家，不是很好吗？一个国家的强盛，一个民族的凝聚力，需要用文化来推动，因为只有文化才能衍生信仰。美国的信仰是英雄主义，是自由，日本的信仰是武士道，我们的信仰呢？希望它不要迷失在文化的荒原里。

怀念露天电影，其实是在怀念渐行渐远的旧时光。怀旧的成本很高，我们就悄悄地怀想一下吧，别去惊动窗外繁华的城市了。

怀念露天电影，其实是在怀念渐行渐远的旧时光。怀旧的成本很高，我们就悄悄地怀想一下吧，别去惊动窗外繁华的城市了。

彼时年味

春晚还有二十分钟开播，电视里响起了熟悉的喜庆音乐。吃完团圆饭，麻将桌上已经喧闹欢笑成一片了。半大的孩子们在追逐嬉戏，妈妈在厨房里忙前忙后，如果爷爷奶奶没有作古，他们该坐在离电视一米开外，喝着小酒，眯着眼评价电视里的人儿衣着光鲜、容颜美丽，感叹时代变化快了。

一切都是过年的样子，一切又不像过年的样子。

我插上耳机，听着安静的民谣，心里既喜且悲，突然想用文字来回忆一下儿时的年味。有一天，等距离那个时代很遥远的孩子们长大了，读到这篇文章时，他能知道年味是什么样的，他或许会嘴角微微上扬，或轻轻叹口气。

那就从我记事时说起吧。四五岁，1990 年前后。

每逢过年，我们都去奶奶家，无一例外。

奶奶家没有楼房，整个村子里好像也没有几幢楼房。红砖、青瓦、木梁、坑坑洼洼的地面，就是房子的基本形貌。当然，它有诗意的一面，像从烟囱里袅袅升起的炊烟，半掩半现在屋檐后的落霞残阳，滴滴答答打在瓦片上的雨声，屋前屋后终年翠绿的竹林，屋旁小路通向的一眼望不到边的稻田，透过瓦片上的玻璃望见的月亮与星光，还有矮矮的门槛前小凳子上坐着唠家常的老人……

冬天好像反而离诗意远一点，北风吹得窗户吱吱呀呀地响，残破的玻璃上总是蒙着塑料薄膜，它哗啦哗啦地响。我们总是围在火堆旁，让火光映红脸庞，或者围在十七英寸的黑白电视前，烤着煤炉子，看武打片、神话剧。

最好是大雪初霁，晨起，推开门一看，漫天遍野的白。那是过年时最快乐的事了。屋顶、树林、山丘、小路上，全覆盖上了厚厚的白雪。欢呼着出门，惊起一群小鸟，也引来了一群同样感到快乐的小伙伴。那时的寒假，没有课外培训，没有大彩电，没有手机、平板电脑等数码产品，喜欢看的电视剧也只在固定的时间放两集，耽误不了我们“放野”的时间。所以，很快一个村子差不多大的孩子就聚齐了。

堆一个大大的雪人是必须做的事情了，贴两块磨圆的煤炭，就是水汪汪的眼睛，找不到红萝卜，就用一个细长的红薯做鼻子，模样也算惟妙惟肖。打雪仗也是必须做的。风一样的孩子，就用深深浅浅的脚印和银铃般动听的笑声在雪白的世界里诠释童年的意义。从村口到山里，从田野到河边，那么放肆，那么自由，想必连飞过的小鸟也是羡慕的。倘若河面有冰，胆子大的孩子敢“噌噌噌”跑到对岸，摔一跤狠的也不会哭，只是哈哈大笑，爬起来继续踉踉跄跄地跑。等到了晚上，会有大孩子一家一家把小伙伴叫出来，大家带着自己的烟花聚在一个大坪里，什么冲天炮、彩珠筒，什么小陀螺、火树银花，你才放完，他又点燃一个。那样的夜晚真是迷人。烟花易逝，可孩子们还有无须成本的玩意儿，如每个孩子都有一个便携式的“小火炉”——一个空的小油漆桶，用钉子将底部钉许多小孔，像一个小筛子。放上几块烧红的木炭，再加一些木炭，就成一个小火炉了。将它在空中抡将起来，风灌进去，木炭熊熊燃烧起来，就能看到一个个红色的火圈。暖极了，快乐极了。

那时的我们，总是盼着寒假，盼着过年。

除了有一群小伙伴在一起野，更重要的是有新衣服穿，有新鞋子穿，有一定压岁钱可以买一些自己钟爱的小玩具。三毛在一篇散文中写过，那种偶然才得的喜悦，是不同凡响的。因为不能常穿新衣服，也盼了好久有一双白色的波鞋，所以除夕夜洗澡换新衣新鞋时，才觉得如此满足。现在，孩子们想得到一个什么东西都不会太难，所以，他们反而没有那种满足了，富足的背后，成了心灵的贫瘠，想到此，不免有些唏嘘。是成人的过错？还是时代进步的必然？我说不清。

如今的年，有些不一样了。不再那么放肆，那么自由，同样，也不再那么快乐了。

不知从何时起，同学聚会不再叙旧，大家都在谈论生意、项目，都在关心彼此的收入，或者客套寒暄；不知从何时起，大家都离不了曾经只用来打电话的手机，亲情、友情、梦想、爱情好像都陷入了几寸屏幕亮亮的漩涡里，它拉近了我们的距离，又疏离了我们的距离；不知从何时起，七大姑八大姨成了贬义词，她们关心的所有关于你的一切，都让你觉得尴尬不自在，我们曾害怕那些提问，反面又逐渐成为提问的人，循环往复，生生不息；不知从何时起，大家的过年成了打麻将、喝酒，好好和家人聊聊天也成了奢侈……

我无意于批评。只是感慨。

或许，还有那样一个村庄是溢满年味的。家家户户贴手写的春联，家人们依然围坐在火炉前，窗外飘着漫天白雪，孩童们三五成群，追逐嬉戏，没有忧愁，大人们举起酒杯，微醺着回忆少年时期，爷爷奶奶坐在电视前，感叹党的政策好，人民的生活日新月异。只是，我找不到而已。

彼时年味，毕竟，已在彼时。

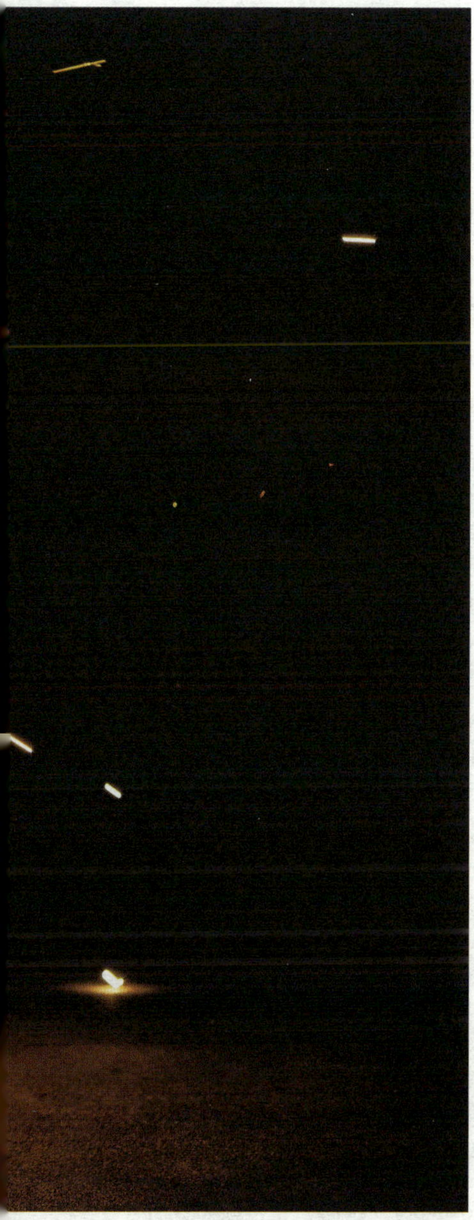

或许，还有那样一个村庄是溢满年味的。家家户户贴手写的春联，家人们依然围坐在火炉前，窗外飘着漫天白雪，孩童们三五成群，追逐嬉戏，没有忧愁，大人们举起酒杯，微醺着回忆少年时期，爷爷奶奶坐在电视前，感叹党的政策好，人民的生活日新月异。只是，我找不到而已。

麦田月光

金庸之后，再无大侠

昨夜看到新闻，心里久久只有怅然。于我而言，怅然其实更胜悲伤。

晨起，决定写点什么，就当致敬大侠吧。

一

武侠小说，以前归属于“闲书”，现在或许也算，但在网络玄幻小说的衬托下，武侠小说（后简称“武侠”）已经“雅”多了。

我在无数次讲座中分享过一个观点——与其读毫无营养的玄幻，不如读金庸的武侠。是的，这里有一个定语：金庸的。

作为一个站在讲台上的老师，说话要有分寸，所以只能加上“与其”“不如”这样的关联词。我内心里真实的声音，则是——男孩子一定要读一读金庸的武侠！

这么说的第一个理由，是金庸真正诠释了什么叫“侠义精神”。“路见不平，拔刀相助”是第一境，“倥偬半生，笑傲江湖”是第二境，但真正的大侠，只有一种，那就是“侠之大者，为国为民”。

金庸的武侠体系里，这几层侠义精神就是他的“道”。

无论是死守襄阳的郭靖，还是自绝于耶律洪基面前的乔峰，想必，当你读到那个章节时，也曾血脉偾张，也曾热泪盈眶吧。

玄幻小说中，先不谈文笔，不谈情节，最缺失的就是“道”。几乎无一例外，都是作者与一群读者的白日精神狂欢，赤裸裸的意淫——仿佛看见自己一步一步走上人生巅峰，所有的敌人都被我暴打狂虐，所有的美女都想投怀送抱，所有曾经看不起我的人最后都无地自容。而我，只需云淡风轻地一笑，转身离去。

像鸦片一样，的确很过瘾。可之后呢，留给了我们什么？

第二个理由是，金庸的文字很讲究。不仅描写、情节讲究，给人、给武功招式取名字更讲究。“讲究”是一种写作态度，也是一种人生态度。

郭靖、杨康的名字取自“靖康之耻”；令狐冲、任盈盈的名字取自《老子》的“大盈若冲，其用不穷”；无崖子的两个弟子，苏星河与丁春秋，星河正是空间上的无涯，春秋正是时间上的无涯；段誉、虚竹、乔峰的名字，则蕴含着深刻的儒释道意义，誉是名，虚是空，乔是扮，“名相非真相”，大抵如此。

从主角到配角，每一个名字都值得去推敲玩味的，或许只有金庸吧。

二

我做过金庸与古龙的比较。

如果恰巧他们同班，老师布置一段景物描写的小练笔。

金庸写的是这样——

一路晓行夜宿，过玉门、安西后，沙漠由浅黄逐渐变为深黄，再由深黄渐转灰黑，便近戈壁边缘了。这一带更无人烟，一望无垠，广漠无际。那白马到了用武之地，精神振奋，发力奔跑，不久远处出现了一抹岗峦。

转眼之间，石壁越来越近，一字排开，直伸出去，山石间云雾弥漫，似乎其中别有天地，再奔近时，忽觉峭壁中间露出一条缝来，白马沿山道直奔了进去，那便是甘肃和回疆之间的交通孔道——星星峡。

峡内两旁石壁峨然笔立，有如用刀削成，抬头望天，只觉天色又蓝又亮，宛如潜在海底仰望一般。峡内岩石全系深黑，乌光发亮。道路弯来弯去，曲折异常。这时已入冬季，峡内初有积雪，黑白相映，蔚为壮观，心想："这峡内形势如此险峻，真是用兵佳地。"（摘自《书剑恩仇录》）

古龙写的则会是这样——

夕阳下只有他一个人，天地间仿佛已只剩下他一个人。

万里荒寒，连夕阳都似已因寂寞而变了颜色，变成一种空虚而苍凉的灰白色。

他的人也一样。（摘自《天涯明月刀》）

这是文笔风格的差异，见仁见智，我觉得不好分高下。

不过从人物刻画、情节设计上，我个人觉得，金庸还是更胜一筹。

金庸是大侠，古龙是浪子。金庸笔下的侠客，大多历经命运的坎坷，在凄风冷雨中一路跌跌撞撞，因为善良，因为执着，终得命运之神的眷顾。古龙笔下的侠客，往往比较神秘，横空出世，独步江湖，不问来时，亦不问归途。大团圆？古大侠也不爱这个结局。

金庸笔下的大侠温暖，古龙笔下的浪子总是孤独。

抛开主角不说，我最佩服的，是金庸能在有限的篇幅里，让许多配角都有无限延展的可能——东邪西毒、南帝北丐、王重阳、林朝英、独孤求败、风清扬、扫地僧……无论哪一位，一旦展开去写，都是鸿篇巨制。这种文学创作上的留白，真心让人心向往之。

三

读书的最美好的境界，就是没有目的地去读书。当然，前提是读好书。

现在的我们，自己读书或者要求孩子们去读书，总是很功利，这个“必读”，那个也“必读”，就让读书变成了一个任务，而不是兴趣所致。这其实是一件可惜也无奈的事情。

所幸的是，我们这代人，没有那么多“必读书目”，加之没有手机、电脑等电子产品的诱惑，所以几乎到手一本书就啃一本，简直到了求书若渴的地步。

父母没有那么多时间管，所以我大约以每天一本的速度，读完了整个六年级。而这一年，我读的几乎都是武侠。

提到武侠，一连串熟悉的名字就冲了出来——金庸、古龙、梁羽生、卧龙生、陈青云、柳残阳……今天回头去想一下，觉得九十年代简直就是武侠的时代，“70后”“80后”的很多男人，之所以骨子里有一种血性、侠气，与武侠有着莫大的关系。

众多武侠小说中，我最爱读的是金庸。

金庸的众多人物中，我最喜欢的是令狐冲。

乔峰太有担当，太有担当则太累，段誉太痴，虚竹太木讷，韦小宝太圆滑世故，杨过太苦情，张无忌太优柔寡断，郭靖太讲原则。唯有令狐冲，是真正率性而活，高兴，田伯光这个采花贼也交，向问天这个魔教中人也交；不高兴，定逸师太算什么？任我行算什么？

不为世俗所累，不在乎自己不在乎的，且歌且行，笑傲江湖。

我不知道金庸自己最喜欢谁，最不喜欢谁，我们也不知道金庸自己觉得谁的武功最高，谁的命运最坎坷，谁代表着佛家的智慧，谁最具有道家的风骨，谁最像金庸，金庸最像谁，武侠是否就是芸芸众生，江湖是否就是我们身边真实可以触碰的世界？

金庸不会回答这些问题，以前不会，以后，再也不会了。

我希望你们能懂，缅怀金庸，更多的其实是缅怀那个已经逝去的黄金时代。感谢金庸，给了我们“饮马江湖，仗剑天涯”的希冀，再见金庸，山长水阔，武侠的世界从此只剩冬夏，再无春秋。

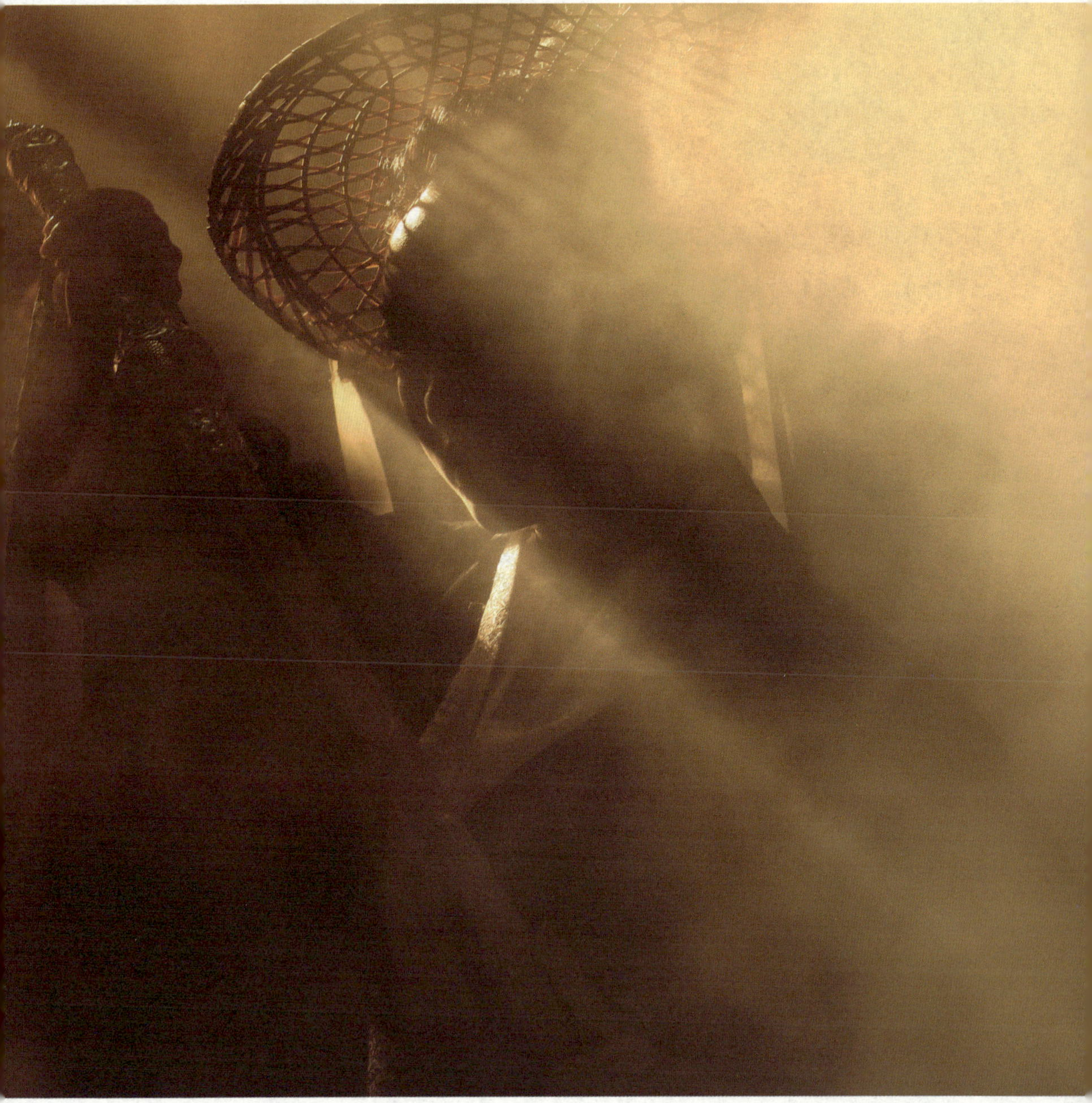

感谢金庸，给了我们“饮马江湖，仗剑天涯”的希冀，再见金庸，山长水阔，武侠的世界从此只剩冬夏，再无春秋。

偶像

从小到大，我有很多偶像，而且每个阶段的偶像都在变化。

最早，我的偶像是孙悟空，能腾云驾雾，会七十二变，上天入地无所不能。慢慢地，就知道自己一辈子都做不成孙悟空，练不成他那通天的本领，况且，齐天大圣也并非真的无敌，如果没有灵吉菩萨给的定风丹，小小的一个铁扇公主就能把他扇到五万里之外。

后来，我的偶像成了樱木花道，要是有他的球技，同学们该有多羡慕我。所有人都会在球场边上为我呐喊助威，看着我运球轻松过掉一个又一个防守队员，从罚球线高高跃起，猛地来一记暴扣！这种感觉真是太爽了！可是后来，我发现自己的身高是一个硬伤，当樱木花道那样的球员恐怕只能等下辈子了。

于是我的偶像变成了周星驰、刘德华、任贤齐、许巍、朴树、水木年华……无论是精湛的演技，还是动人的歌声，都令人神往。当然，更重要的是他们走到哪里，都有鲜花与掌声——那种在聚光灯下的感觉，一定特别好吧。后来，我发现年轻人喜欢偶像的方式越来越疯狂，他们去接机，他们去成立后援团，凑钱给偶像买广告位庆祝生日，他们去网络上骂那些批评他们偶像的人，他们把偶像的名字文在自己的身上——我突然之间觉得挺羞耻的，觉得自己有偶像这件事还是藏起来比较好。我一直很好奇，为什么不好好欣赏他们的作品呢，喜欢他们，就买他们的唱片，看他们的电影啊，为什么一定要迷失自我呢？这个问题很费解，也不想去弄明白了。我后来又发现，演艺圈的偶像们，几乎很少有自己的空间，一句话说错了就要引起轩然大波，一点生活上的事就要搞得满城风雨，哪里出现灾难的时候还要被人嘲讽捐钱太少了，真累！

从此以后，我有一段漫长的时间没有偶像。

也许是家庭出身的缘故，我几乎从没有把哪个成功的企业家当成过偶像。我敬重他们，欣赏他们，但我并不想真的成为他们，我心里总是觉得，人要有点钱，但不要太有钱，财富太多了往往会成为枷锁。古往今来，有钱人很多很多，但是留名的却是凤毛麟角，这也从侧面印证了一点：历史上，人们总是在追求比物质财富更高一级的东西。

是的，远高于物质财富的，是精神财富。

有了这样的思考，我的偶像的轮廓就越来越清晰了。

高中的湛密昌老师是我的偶像。我时常想起他在讲台上举手投足间的自信，想起他为了让我们明白文章的过渡不要拖沓而表演戏曲中“策马扬鞭，日行千里”的动作，想起他读学生习作时的那种真诚的赞赏，我羡慕他一直是一个很纯粹的语文老师，用一个灵魂去推动另一个灵魂。

李作霖教授是我的偶像。第一次见到“李作霖”这三个字是在《长沙晚报》和《高中生》杂志上——我的高考作文被评了满分，登载在上面，点评者是高考阅卷组组长李作霖教授。时隔多年，因为一次机缘巧合，我和李教授见面了。在我做完自我介绍后，他竟然说出了我的高考作文标题！那一瞬间，我内心觉得无比感动。后来，与李教授走得越来越近，于我而言，他亦师亦友，很多地方都影响着我。李教授不太讲究穿着，连发型也不太讲究，身形单薄，衬衣总是空荡荡的，他出现在你视野中时总是很匆忙的样子，总是在奔跑——我曾经读过李教授一个学生写他的文章，里面有一句：李教授是唯一一个迟到了学生们不会有怨言的老师，他总是风尘仆仆，衣服上沾着粉笔灰。窃以为十分贴切。李教授阅读涉猎极广，聊天的时候，古今中外的作者和书籍名字总是不经意跳出来，在他眼中的光芒里，那些不朽的名字灿若星辰。李教授总是善于用简洁的文字表达深邃的观点，有一次，我请他给孩子们讲课，开场时他说了一句很深刻而生动的话：“文学就像一枚硬币，一面是世界，是宇宙，一面是语言，是文字，而这两个面之间，还有一个小小的面，那就是我们自己。”李教授有时也很“愤青”，有一次听年轻老师授课，听着听着他突然生气起来：“讲人物的语言，有很多好的例子，为什么偏偏要用这么庸俗的呢？‘大雪纷纷落地，此乃皇家瑞气。再下三年何妨？放你娘的狗屁！’这样的句子多么俗气！你们看孔融的孩子，在父亲被捕时所说的‘覆巢之下，安有完卵’讲得多么好！语言是有创造性的，是有生命有色彩的，我们应当让学生理解这个！”我很羡慕李教授，他身上有着魏晋文人的气质，当他戴上头盔骑上电动车上路时，他就是芸芸众生中平凡的一员，当他吹灭读书灯时，一身都是皎洁的月光。

韩少功老师是我的偶像。第一次见韩少功老师，是我读高二的时候。韩老师在汨罗新华书店开读者见面会，我是手里拿着他的新书《暗示》，在人群中等待他签名的一名小粉丝。后来，经李作霖教授引荐，认识了韩老师。因为韩老师知青时代在汨罗插队，而且他每年会回去那里住上半年，所以我们算是半个老乡——为此，我们的见面尤为亲切，我也按汨罗的方言习惯称呼韩老师为“韩爹”。一番长谈过后，韩爹对我印象应该是特别好的，因为我读了韩爹的不少作品，并且对他某些作品的理解比较深刻，所以他挺开心。我们聊他的《山南水北》，说到《月夜》的时候，我告诉他我最欢的是句子是“我伸出双手，看见每一道静脉里月光的流动”，他乐呵呵地给我讲了一个故事——有两位新疆的读者，看完这篇散文后，憧憬无比地来到汨罗八景看月亮，最后得出结论：韩少功是一个骗子！讲完后我们大笑不止，作家的文字往往是有魔力的，透过文字看世界，有时更朦胧，有时更清晰。我们聊他的《马桥词典》，他告诉我，曾经有香港的朋友打电话给他，告诉他这本小说在香港的书店里摆放位置错了，和《新华字典》《古代汉语词典》等摆在一起，要他和出版社沟通一下，他笑着说算了，摆哪里都一样。我们聊他的作品在海外出版的情况，他讲日本有一位翻译界的权威，是一位老奶奶，很早就签下了他的作品翻译权，但是这位奶奶翻译的速度很慢很慢，直到今天还没翻译完一本，而他又出于尊重译者不便终止合同，所以在日本一直没顺利出版。韩爹聊到翻译这个话题，跟我说翻译是个绝对的技术活，比方“women”这个词，在不同的语境中，有时可以翻译成“女人”，有时可以翻译成“婆娘”，或者翻译成“女士”“妇人”“美女”“泼妇”“堂客们”，学问深得很。我们聊莫言，在北师大的一次文学研讨会上，莫言曾写了一首打

偶像，应该是我们想成为的那个人，或者他们身上有某些闪光的地方，是我们心向往之的。偶像，应该是我们努力一辈子，也很难变成的那个人，他们太过光彩熠熠，像从东方升起的太阳，我们唯有仰望。

油诗赠好友韩爹："楚人肚量大，湖南好汉多。古有屈大夫，今有韩大爹。敢做弄潮儿，不唱流行歌。文学根何在，龙舟下汨罗。"韩爹与莫言是惺惺相惜、互相欣赏的，他们生活在同一年代，有着相似的经历，也因文学和思想更了解彼此。有一次，我组织了一个"寻访那一处山南水北"的文学采风活动，带着四百多个城里孩子去了一趟汨罗八景，让孩子们体验一下韩爹笔下"八嵠洞"的风景和人文，韩爹在现场和孩子们举行了一次交流会，他从"人烟"和"洗尘"这两个词开始，讲述了文字的奥秘，让孩子们体会了文学的变迁与本旨。韩爹说自己是一只候鸟，春夏回到八景，秋冬去到海南，在迁徙的过程中体验生活。我曾和《十几岁》杂志社的胡力丰社长聊过韩爹，胡老师说，韩爹是一个活得很通透的人，深以为然。

汤素兰和邓湘子也是我的偶像。他们都是热爱文学的人，他们都是笔耕不辍、用文字拥抱生活的人，作为儿童文学作家，他们给孩子们织了很多梦，讲了很多故事。这一本《麦田月光》，名字就是他们为我取的，之前我一直在犹豫是用《月光落在麦田里》还是《月光路过人间》做名字，他们建议我用这个简单的名字，留一些遐想给读者。

偶像，应该是我们想成为的那个人，或者他们身上有某些闪光的地方，是我们心向往之的。偶像，应该是我们努力一辈子，也很难变成的那个人，他们太过光彩熠熠，像从东方升起的太阳，我们唯有仰望。

我很庆幸我拥有这些偶像，他们给了我写《麦田月光》的力量。

江

那条江，承载了我太多的回忆与思念。

它是汨罗江的一条支流，横穿我的家乡。我只知道它很长很长，但我不知道它从哪里来，到底去向何方。它见证了蛮荒与文明，陪伴过星月与霜雪；它像一根琴弦，绷在稻田和山川之间，任岁月弹拨；它又像一道霞光，从三闾大夫的胸膛射出，往历史的源头回溯。

我常常想起它曾经的模样——一场春雨过后，江边的小路上草色青青，桃花开了一树，千丝万缕的柳枝垂到了水面，微风吹过，芬芳的气息就穿过屋舍后的篱笆，散入恬静的村庄里。

我在江里学会了垂钓。

起初是钓鱼，钓那种游餐子（学名餐条，俗名又叫白条、餐子、浮鲢）。这种鱼在江水里特别好看，往往是一大群，轻盈地游来游去，争抢水面的菜叶子、浮游生物。钓具的制作很简单，折一根细小的竹枝，在末梢系上丝线，穿一个很小的钓钩即可。不需要浮漂，不需要蚯蚓，抓一只苍蝇穿在钓钩上，在蜘蛛网上缠绕几圈，就大功告成了。钓游餐子，不需要太多耐心，也不需要漫长的等待——站在岸上，不停地甩钓、起钓即可。竹枝在空中划过，发出“呼”的一声，很好听，所以钓游餐子又叫“划游餐”。当钓饵入水的一瞬间，一群游餐子就飞也似的“扑”过来，用力一扯，就可能挂上来一条。划游餐其实应该有一定的技巧，比如划的频率就很重要——同去的一群小伙伴，有的划两三下就能钓上来一条，有的划十几下才有收获。不过，空手而回的情况不多见，多多少少都能钓几条。

后来，划游餐的人越来越少了，大概从我读六年级开始，大家再去江边，就是钓龙虾了。钓龙虾最好的季节是在夏天，起初，钓虾是一件极其简单的事——随便折根树枝做“钓竿”，系一根绳子就行，什么肉都可以做饵，我们通常会在江边小路上抓一只青蛙，或者找其他正在钓虾的小伙伴要一截虾尾。把饵扔进江里，“钓竿”往泥巴里一插，不用两分钟，绳子就会绷得直直的，扯上来就是一只虾。我们往往会做三四把钓竿，在江边插成一排，往往最常见的情景就是几根绳子同时绷得直直的，我们忙得不亦乐乎。通常，有一两个小时，就能钓满一桶子龙虾。不过，非常可惜，那时候还不流行吃虾，大人们嫌剥虾太麻烦，都不肯做，加上还不太会去腥，觉得不好吃，所以我们钓回去的一桶一桶的虾几乎全被倒掉了。如果那个时候就会做口味虾，该是一件多么快乐的事情！尽管钓回去没人吃，也丝毫不能削减我们钓虾的乐趣，我们还是经常去钓，颇有一种“我只为钓，不为虾”的高深境界。钓虾时，最怕钓到螃蟹，因为螃蟹太“执着”，它们一旦夹到饵，是死不放手的，任你怎么甩它们也不肯松钳子，麻烦得很。起初钓虾就是这么容易，后来，钓虾的人越来越多，虾子也变灵了，当我们起钓的时候，它们会突然把钳子一松，一弹尾巴遁入水底去了。这时候，钓虾就必须要带一个网子过去，当龙虾浮出水面的时候，把网子伸到它的下方，等它一弹尾巴，就稳稳地撞进了网子里。

我在江里学会了游泳。

在我们小时候，每年夏天都能听到淹死人的消息，所以，小孩子私自下水游泳几乎是所有家庭的一个禁忌。大人们总是把“莫耍水啊”当成一句口头禅挂在嘴边上，以及用恐怖的“落水鬼”故事来恫吓我们，以期我们对江河产生一种敬畏。

然而，总有一些小伙伴光屁股跳进江里，他们扑腾着水花，他们哈哈大笑，他们用无与伦比的快乐挠着你的痒痒，最后，你终于不顾一切地把钓竿一扔，短裤一脱，“噗通”一声跳进了江里。

炙热的太阳烘烤着整个世界，聒噪的蝉鸣让天气更加燥热，可是，总有那么一处阴凉——几棵蓊郁的大树夹岸而生，粗壮的枝丫横斜逸出，凌空架在水面上。江水清澈见底，江底不是淤泥，而是细软的沙子——这一点远胜池塘。而且，流动的江水自有一种活力，无可比拟。这一段绝佳的阴凉的水域，离学校不到一里路，而且水里深浅分布极为均衡，浅水区刚刚没过肚皮，深水区也就到下巴，所以，水性好的或水性差的都有的玩。自从我们发现了这个“人间胜境”，每天中午午休的时候，我们就约上十几个小伙伴，从学校溜出来玩半个小时。

为了不被老师看出端倪，我们总是脱个精光，短裤背心都挂在树杈上，等玩完水上岸时，把衣服一套，一点点水渍在太阳下一会儿就晒干了，没有一点痕迹。这种“偷”来的时间是非常兴奋而刺激的，尤其是很长一段时间没有被老师发现的情况下。说来也奇怪，我的“狗刨”“仰水”“插迷子（潜水）”竟然都是在这段时间练成的——之前在外婆家门前那条江里，无论怎样都没学会的，在这片水域里，竟然不知不觉全学会了。也不知道是不是这片水域有魔力，还是小伙伴们给了我挑战自我的勇气。

没有任何约束的空间和时间里，我们得意忘形，忘乎所以，终于赤裸裸地遭逢了一场“厄运”——虽然打了引号，但真的是厄运，而且真的是赤裸裸。那天中午，我们照常在江里扑腾，打着水仗，快活得不得了，谁也没有发现，教导处的刘老师已经循声跟了过来。他不慌不忙地把所有短裤背心全收了起来，然后暴喝一声：“还不快点爬上来！”时隔多年，我依然记得那个烈日炎炎的中午，一群光屁股的男孩子，手捂着前面，低着头，排成一列纵队，穿过大马路，穿过在坪里晒谷的农人快乐的目光，穿过仿佛笑岔了气的蝉鸣，我们走到了校门口。刘老师怒目圆睁，又是一声喝：“还敢不敢去？下次我让你们光屁股进学校！看你们怕不怕丑！”我们低着头，大气不敢出一口。刘老师把衣服往地上一扔，说：“把衣服穿起来！排队站在操场上！给我晒到上课为止！”我们如释重负，赶忙找了各自的衣服穿起来，屁颠屁颠地跑去操场，你看着我，我看着你，一个个挤眉弄眼，只觉好笑，庆幸只是晒半小时太阳而已，幸亏没有让女同学看见我们的狼狈模样。

这条江，给了我太多的快乐与回忆。而当我渐渐长大，爱上了文学时，这条江又给我一种独有的傲气。第一届国际龙舟节的时候，余光中先生来了汨罗，拜祭了屈原，并写下了一首我很喜欢的诗——《汨罗江神》。

烈士的终站就是诗人的起点？

昔日你问天，

今日我问河，而河不答。

只悲风吹来水面，

悠悠西去依然是汨罗。

……

余光中先生称汨罗江是“蓝墨水的上游”，因为这条江里，融着一个伟大的浪漫主义诗人的灵魂。一方水土养一方人，中国文脉的重要源头，便是这条江，当你读懂它的时候，它自然也会赋予你一种文人的气质。

我无比怀念这条江。我曾经痴痴地想，也许我就是这条江的一部分，横亘在大地上的江水，是我的过往，而直立行走的我，是江水的未来。

很久没有再回到那条江边了，可能，也回不去了。

我听说穿过我家乡的那条支流已经不再清澈，甚至，人们的肉眼已经看不见它在流淌。桃红柳绿已经被马路上汽车扬起的灰尘蒙蔽，水面的波光已经被白色的、黑色的、绿色的垃圾吞进恶臭的口腔。今天的孩子们，已经不会划游餐、钓龙虾，更不会光着屁股“噗通”一声跳进江里。

所幸，汨罗江的干流还保护得不错，水域宽广，碧浪千层。江岸的湿地像一个大草原，与屈子祠遥遥相望，也算是壮美的风景。

我总是隐隐地想，人类的物质文明，如果不会打扰这世间的山水该多好。

我生怕诗人化成一阵轻烟，漫过江河，漫过山川，消失在无尽的混沌的荒野里。

我生怕所有的回忆与思念，无处安放，无处埋葬。

它是汨罗江的一条支流，横穿我的家乡。我只知道它很长很长，但我不知道它从哪里来，到底去向何方。它见证了蛮荒与文明，陪伴过星月与霜雪；它像一根琴弦，绷在稻田和山川之间，任岁月弹拨；它又像一道霞光，从三闾大夫的胸膛射出，往历史的源头回溯。

拜饭

老人们围在一起谈话的时候，我们总是喜欢凑过去。

如今想来，一是老人们的神情、语气特别吸引人，他们总是会把眼睛睁得溜圆，嘴巴张得老大，并且连声惊呼："哎呀——真的呀？"这番情景特别让人想一探究竟。二是老人们谈话的内容吸引人，他们讲的，一半是家长里短，一半是与鬼神有关的奇闻趣事。

长大之后，和朋友们验证过，几乎所有人都听过类似版本的故事。不过这又是让人称奇的地方——在那个通信不发达的年代，怎么做到全国各地都有雷同的传说的？实在是百思不得其解。比如，隔壁村的老张，泡了一瓶蛇酒，三年后开封，那蛇竟冲了出来，一口把老张咬死了；比如，另一个隔壁村的老刘，打猎杀生多年，某天斩杀了一条蛇，结果断掉的蛇头咬住了他的手指；比如，某天晚上有人看到一个老人的魂魄在路上唱歌，第二天这个老人就去世了；比如，某天傍晚，附近的一口池塘里爬上来一只浑身长毛的"落水鬼"……

今天再听到这些传闻，我们只会一笑了之，但是当年作为孩童的我们，听完只觉得心惊胆战。

因为听了太多这样的鬼神之说，小时候的我，特别怕鬼。

我从小住在奋斗小学，学校坐落在一个山坡上，红砖围墙圈起几十亩地，从校门进去后有一个不大的操场，操场过去是前后两排平房，最后面是公共厕所。除去六间教室、一个图书室、一个食堂外，还剩下五套房子，住了几户教师家庭。我家住前排东边的那一套，一共三间房。

因为五户教师家庭中有两户是老人家，子女没在身边，实际上完整的家庭只有三户，小朋友共计五个，我是最大的孩子。

当年建学校的时候，操场上还有两座没有墓碑的坟茔没有迁走，白天，孩子们在坟上爬来跑去，把它们当成了一个极佳的玩乐场所，可是到了晚上，这两座坟多少就有了一点可怕的意味。那时候，老师们晚上主要的娱乐活动有两个，一个是打牌，由于学校没有打牌的地方，他们一般都是去朋友家打；另一个是家访，住校的老师和不住校的老师会约在一起，一大群人走路去做家访。我身在教师家庭，所以大致知道他们做家访的乐趣，无非是有些学生家里特别客气，晚上会下碗面条，煎几个鸡蛋。在那个物资匮乏的年代，他们出行的大部分意义，都是为了那碗鸡蛋面，其次是为了打发寂寞的辰光。

因为老师们总是去家访，学校里就只剩下我们五个孩子。某些时候，特别小的孩子会“赶路”，大人们就会带他们一起去，所以经常只剩下一两个孩子守在学校里——不用说的，我一定是其中的一个。

在我家还没买电视机的日子里，夜晚实在太难熬。于是我一本又一本地读书——最早其实不是因为热爱文学，实在是找不到消遣的方式，唯有在书里打发无聊，逃避恐惧。三四年级，我就读了原版的《西游记》《水浒传》《封神演义》等大部头，各类杂书更是数不胜数。可是，即便有书读，也依旧需要面对恐惧——总是要出去上厕所，总是会遇到停电的状况——烛火的微光，在那个时候绝对没有任何浪漫的气息，它照不到的黑暗里，总是有各种莫名的“危险”。

记得有一次，不知什么原因，学校里就剩下我一个人，屋漏偏逢连夜雨——停电了，而且还找不到蜡烛。我那天真是害怕极了，哭哭啼啼地走出了家门，去找爸妈。穿过操场的时候，我一直不敢回头看，只是不由自主地加快脚步，甚至奔跑起来，我也不敢分神，因为听一个老人煞有介事地说过有一种“迷路鬼”，会把人带到荒山野岭去。那个夜晚，真的太恐怖，没有一丝光线，整个世界都是黑暗的，伸手不见五指。在那种情境下，你或许就能明白为什么中国文人那么偏爱月亮。倘若在那个时候，有月光倾泻而下，该是多么美好！一个三四年级的小朋友，一路跌跌撞撞，时而哭泣，时而屏息凝神，无助地在无边的黑夜里前行，可曾想他的内心有多么绝望！

也不知道走了多久，不知道走了多远，终于听到路的尽头传来一阵说笑声——那熟悉的声音简直是尘世间最动听的乐章！我终于忍不住号啕大哭起来，我是多么委屈，多么无助！妈妈一路小跑过来，一边笑我，一边把我拥入怀抱。那一天，我哭了很久。

第二天，我整个人精神恍惚，不思茶饭。

奶奶正好过来学校，她问了一下原委，然后说我这是受了吓，拜一下饭就好了。“拜饭”，是乡下的一种迷信仪式——奶奶提着一个小饭锅走了出去，里面放着一碗饭、一双筷子还有几块蒸肉。她把我昨天晚上走过的路走了一道，沿途念念有词，谁也不知道她在说什么。回来的时候，她隔着好远就喊：“李卓回来了吗——”爸妈就让我答应：“回来啦！”奶奶脸上的神情非常虔诚，所以我回答得也很认真。印象中，我总共答应了三次——无比神奇的是，我真的一下就恢复了，只隔了一会儿，就生龙活虎地出去玩耍了。

直到今天，我都不能解释奶奶的“拜饭”为什么能给我力量，究竟是心理

我从小住在奋斗小学，学校坐落在一个山坡上，红砖围墙圈起几十亩地，从校门进去后有一个不大的操场，操场过去是前后两排平房，最后面是公共厕所。除去六间教室、一个图书室、一个食堂外，还剩下五套房子，住了几户教师家庭。

暗示，还是亲情本身就是神奇的。我仿佛从那天开始，变成了一个勇敢的孩子，无论多晚，走在学校里，我的心里都特别踏实。

岁月无痕，我们家从 1996 年离开奋斗小学，至今已经过去了二十几年。我从一个怕鬼的小男孩，到一个顶天立地的男子汉，早就不信那些鬼神之说了，可我一直记得妈妈拥我入怀的温暖，记得奶奶脸上的虔诚，记得那个神奇的仪式。

何事冬来雨打窗

沉思的时候
沙漠会开出花朵
月光会晕出彩虹
鸽子的翅膀会变成云朵
世界会装进蓝色的玻璃弹珠

小镇文学

最新一期的《晓说》中，高晓松极尽溢美之词地推介了刘慈欣的《三体》，其中有一句话说得让人印象深刻——伟大的文学往往都是来自小镇。他诠释说，因为在城市，关系太错综复杂，红尘滚滚，车马喧嚣，不如小镇那般安静，易于让人沉浸于思想世界，也不如小镇那般关系稳定，便于作家深入观察和了解每个人的内心，写出更能触人灵魂的伟大作品来。

这段话让我的心为之一颤。

真的是城市的繁华与快节奏让我们失去了写作的能力吗？真的只有小镇与乡村才能给人祥和与宁静吗？

我深深地反思着自己。

陶渊明曾写道："结庐在人境，而无车马喧。问君何能尔，心远地自偏。"字里行间，其实蕴含着陶渊明的隐居态度——在哪里隐居其实不重要，重要的是自己的心境。心如果安静了，你就能看见月光倾城，听见晨钟暮鼓和花开花落的声音，心如果不安静，坐在空山幽谷里嗅到的也是俗世的香。

2017年已经过去了一大半，我真的是讲得多，写得少。买的书倒是不少，但看得有些功利。所读更多的是为了在课堂上“旁征博引”所用，而忽略了阅读本来的意义。

其实，真正的阅读，要摈弃一切功利。从这个意义上来说，甚至都没有了所谓的“必读书目”！只要不是在网络上泛滥的码字作品，我们应当在浩瀚的文学作品中自由驰骋。可以读金庸的侠骨柔肠，可以读东野圭吾的情感细腻，可以读《红楼梦》的雅，也可以读《金瓶梅》的“俗”，热门的冷门的现代的古代的国内的国外的，其实只要有感觉，都可以读。何必在拿到一本书之前，先问它能给你带来什么呢？

我翻看自己近两个月买的书，大概有三十本，有木心、顾城、海子、余秀华的诗，有东野圭吾的一套经典作品，有蒋勋的唐诗宋词，有刘心武的散文，有龚鹏程的文学课，还有古代小说的一些原著及工具书等等，但很多都没拆封，反复在读的是一套分篇章写中国古代文人的书。不是多么如饥似渴的求知欲，而是读这个对我讲古典文学课大有裨益。我的阅读动机让我没能逃开功利二字，这是让自己突然觉得难过的。

仿佛，喝着茶，听着琵琶古筝，随心所欲地读一本不问目的的书成了无比奢侈的事。更遑论静下心来写作了。

我们可以把静不下来的原因归结于我们生存在城市，可是，我们都知道那并不是真正的原因。伟大的文学不应该都来自小镇，起码还有一部分应该来自城市，它不会被街边的霓虹灯打扰，不会被手机铃声打扰，不会被不远处的发动机轰鸣声打扰。

我们总是给自己找借口，我们总是觉得不平静的是这个世界，我们总是幻想自己能去那样一个小镇，但是，其实小镇就在我们的心里，在我们的灵魂深处。你平静了，它就在那儿，春来花自青，秋至叶飘零。

其实小镇就在我们的心里，在我们的灵魂深处。你平静了，它就在那儿，春来花自青，秋至叶飘零。

如果我是你

——致走出考场的年轻人

首先我要申明一下，此刻坐在台灯下给你们写这篇文章的人，不是一个喋喋不休喜欢说教的家长代表，不是一个垂头合目语重心长跟你谈论世事命运的老僧，也不是暴走漫画团队嬉笑怒骂快意人生的段子手，更不是一个历经沧桑心情荒凉的流浪人——他只是一个十三年前跟你一样意气风发的年轻人，哦不，中年男人。

是的，他就是我。也曾独上高楼，为赋新词强说愁；也曾举杯消愁，惋叹无处安放的青春；也曾在深夜纵歌，嘶吼一曲属于自己的侠骨豪情——可更多时候的状态，是懵懂，是迷失，是拔剑四顾心茫然。

我一个高中同学曾经写过一句话——你读过的书，走过的路，见过的人，经过的事，都会成为你的灵与魂。十多年过去了，很多曾经的迷惘困顿，都已经在时光的流转间豁然开朗。尽管，今天的我，灵与魂还没有熠熠生辉灿若星辰，但她应该有一些萤火之光，在暗夜能给你一点力量。

今天，高考结束的第二天，我想跟你聊的是——如果时光能倒流，如果，我是你。

如果我是你，我想勇敢地追逐一次爱情。

不管是穿着白衬衣经过教室走廊的他，还是穿着白裙子系着蝴蝶结的坐在我前面的她，那天阳光的味道、清澈的眸子、淡淡的清香都曾让我怦然心动。那天我应该痴痴地发呆了三十秒，然后被同桌的翻书声拉回现实，赶紧拍拍发烫的脸回到题海中去了。高考终于结束了，最艰苦的奋斗岁月仿佛也结束了，可身边来来往往的人们不会知道，藏在你心底的只有你知道的那一份小美好也要烟消云散了。如果我是你，我一定要鼓起勇气写一封信，告诉他 / 她我的爱恋。我会亲自把信交到他 / 她手里，脸红着叮嘱他 / 她等我走后才能拆开，然后跑着离开。也许会石沉大海，也许会成为一个笑话，也许……又何必担心呢？在最美的少年时代，你向自己暗恋的那个人表达了情感，即使最后不能在一起，但它仍然是美好的。起码，你勇敢地追逐过。

如果我是你，我想陪伴一下家人。

两个多月后，我们就要背着行囊离开，去寻找诗和远方。少年，从此江湖路远，再也难像今天一样坐在爸爸妈妈的身旁。无论你生在城市或农村，厨房里的饭菜香，街头巷尾看见的落日斜阳，熟悉的炊烟、辽阔的原野以及浸染着温暖的吆喝声，从此你再难看见它们此刻的模样。所以，狂欢几天之后，抽空好好陪陪家人吧，跟他们说说话，陪他们散散步，哪怕，什么也不做，就窝在沙发里，一家人吃着零食看着电视，也是好的。我如果是女生，还可以陪妈妈逛逛街，帮她挑一件心仪的衣服，劝她别舍不得花钱，以后我给你买！如果我是男生，我想和爸爸喝一杯酒，两个男人喝红了脸后，会说很多平时不会说的话，我会拍着他的肩膀说，爸，别那么累，以后我养你！

如果我是你，我会和最好的伙伴们再好好聚聚。

打一局游戏，打一场篮球，再去一次那熟悉的操场，坐着聊着，哭着笑着，说着曾经的美好。最青葱的年华，最真挚的友情，一定要记得珍惜。包容他们曾经的恶作剧，存好他们的联系方式，马上就要天各一方了，一起唱一唱朴树的歌吧——她们都老了吧？她们在哪里呀？我们就这样，各自奔天涯……人生就是一场又一场繁华的相聚，荒芜的道别，但我们总会铭记会被铭记的人，遗忘会被遗忘的人。

如果我是你，我会邀几个同学一起，去待我特别好或要求特别严的老师家坐坐。

我要问问老师，那天你为什么说那道题很简单后，又盯了半晌不吱声地尴尬地背着手走了？我要问问老师，你是怎么做到天天早起陪我们做操，晚上又在教室里陪我们晚自习的，你没有自己生活的吗？我要问问老师，你到底怕不怕学霸问问题，还有，对于我这样老错同一种题型的学生，你到底内心咆哮过崩溃过没有？老师，你送了多少届毕业生了？你总说我们这一届是最差的一届，一转身你又对学弟学妹们说我们多么多么听话，多么多么努力。老师，你的套路我们都知道啦，可是老师，我依然感谢你。我不知道自己能不能成为你的骄傲，可我知道，像你这么好的老师我们再也难遇到。

如果我是你，我会好好思考一下自己的人生。

我想成为什么样的人？我想过什么样的生活？有些远的目标想清楚了，近的目标，如填志愿、选大学就变得容易轻松些了。去拜访一些有见识有能力的长辈，或者正在读大学的哥哥姐姐，听听他们的意见。或者，读一些好书（避开成功学），找到自己的兴趣点。曾经有一位校长在毕业典礼上对学生说过——人生中最幸福的两件事莫过于事业与兴趣一致，婚姻与爱情一致。如果我知道自己的兴趣是什么，知道自己想去的地方是哪里，那我行走的每一步肯定都会更加踏实。心之所向，素履以往，生如逆旅，一苇以航。这是我们该有的人生信条。

如果我是你，我还有很多的事想做，又岂是几千字能讲得完的？落笔之前，还有几句话想跟你说——

如果我是你，我不会撕碎装载着汗与泪的有着青春印记的练习册。

如果我是你，我不会挥霍不是自己挣来的财富，沉溺于灯红酒绿的夜店。

如果我是你，我不会因高考成绩而妄自窃喜或黯然神伤，因为，它只是你此刻的起点，并非人生的终点。

如果我是你，我不会夜不归宿，不会不爱惜自己的身体，不会让父母为我担心。

如果我是你，我不会因为失去而撕心裂肺，更不会用放纵来麻痹自己，因为，让自己成为更优秀的人，才能遇见更美好的爱情。

如果我是你……

可惜时光不能倒流，我也不能是你。其实，有时候青春本来就是放肆的，本来就是张扬的，本来就是懵懂迷茫的，谁的青春不撞几回南墙？谁的青春没有被狗咬过？如此看来，我的这番忠告又可能是多余的了。也罢，也罢，权当一个站在旁边用羡慕的眼神看着你们的中年男人对逝去的青春的一种缅

无论你生在城市或农村，厨房里的饭菜香，街头巷尾看见的落日斜阳，熟悉的炊烟、辽阔的原野以及浸染着温暖的吆喝声，从此你再难看见它们此刻的模样。

怀吧。

注意安全，别太晚回家。

卖报的青年

这件小事已经过去了十年，我也几乎没有跟人提起过，但是仔细去回想，在那段十分淡泊的岁月里，它是给过我力量的。

那是一个清晨，我乘坐公交车去上班。车上人不多，还有一些空座，我只有五六站地就下，所以拉着吊环，站在靠近下车门的地方。

到一站停车的时候，上来一个小伙子，他的“吆喝声”成功引起了我的注意——他吆喝的内容是今天的各种新闻，包括政治局势、明星绯闻、奇闻轶事等，声音洪亮，抑扬顿挫，节奏拿捏得恰到好处。我定睛看去，才注意到他没有手，是一位残疾人。他额上冒着细密的汗珠，两只空荡荡的袖子垂在身旁，脖子上挂着一个敞开的绿色邮包，包里装着一大摞报纸。他正在卖力地推销它们。

可是，人们那时候已经大多数都在网页上浏览新闻了，买报的人越来越少了，所以即便他那经过设计的吆喝十分吸引人，也没有几个人买他的报纸。他沿着座位一路问询过来，终于到了我跟前。

“买一份吗？”他脸上挂着笑容，声音中已有了一丝疲惫。

我迟疑了一下，从口袋里掏出五块钱，决定支持一下他。他点了点头，用下巴示意我把钱放进邮包，自己找钱、取报纸。我把钱放了进去，拿出一份报纸，然后轻说了一声：“不用找了。”

我以为他会说两句客气的话，然后继续去卖报，不料，他收起了脸上的笑容，很严肃地对我说：“麻烦你自己找四块钱，谢谢！”我愣了一下，以为他没懂我的意思，于是重复了一遍：“没事，不用找了。”

他脸色一沉，语气变得愈加坚定：“谢谢你！请你不要可怜我，我有劳动能力，不是乞丐！”

一瞬间，我只觉得脸红到了耳根，无地自容。我像做错了事一样，毕竟，我潜意识里意图通过施舍来标榜自己是一个善良的人。我慌张地从邮包里取出四块钱，不敢直视他。他深深地给我鞠了一个躬，什么话也没有说，继续朝车厢后面走去。

下一站到了，他匆匆下车了，留给我一个汗涔涔的背影。

那一天，我都觉得心里不安，甚至思潮澎湃。不是对那位卖报青年的不安，而是对自己的一种不安。相比他，我们四肢健全，有机会受更好的教育，有机会做自己喜欢做的事，可是，我们总是牢骚满腹，总是觉得人生艰苦，殊不知，有尊严地活着或是等待命运的施舍，全在我们的一念之间。

我们总是牢骚满腹，总是觉得人生艰苦，殊不知，有尊严地活着或是等待命运的施舍，全在我们的一念之间。

何事冬来雨打窗

文人喜雨，喜欢痴痴地看雨，喜欢在静夜独自听雨，还喜欢在雨中且歌且行。

也许，雨本身就是浪漫的吧。又或许，唯有那一场雨能牵出文人内心的欢喜，抑或淡淡的寂寞。

不过，他们好像更喜欢春雨。春天的雨虽连绵，但是不凄寒，“沾衣欲湿杏花雨，吹面不寒杨柳风”，雨里还浸染着花香，难怪惹人怜爱。他们好像也很喜欢夏雨，夏天多是骤雨，来得快，去得也快，“柳外轻雷池上雨，雨声滴碎荷声”，有了荷叶，夏天的雨似乎就有了诗意。秋天的雨已经有了几分凄迷，几分悲壮，“一声梧叶一声秋，一点芭蕉一点愁”，在秋雨中回首前尘往事，仿佛是最应景的。

冬天的雨，就好像离诗意很遥远了。文人们更期盼一场纷纷大雪，毕竟那才是冬天的原色。“何事冬来雨打窗，夜声滴滴晓声淙。若为化作漫天雪，径上孤篷钓晚江”——这不太被期待的冬雨，你究竟缘何滴落凡尘？

一

冬雨是安静的。安静，其实是一种人生态度。

因为不被期待，所以，冬天的雨从不喧哗，从不荡气回肠。

初冬，漫山的枫叶红得耀眼，路边的银杏树披着黄灿灿的衣裳，煞是好看。晴日，阳光细碎，鸟儿啁啾，约三五好友去寻访这冬天的景致固然美好，可当一场清冷的冬雨不期而至时，你撑着一把小伞，独自漫步在江畔，看红色或金色的“蝴蝶”打着旋儿悠悠飘落。那一瞬，才是你和这个世界对话的最佳时刻。

宋代禅宗把修行分成三重境界，最高境界是“万古长空，一朝风月”，能达到这重境界的人古往今来寥寥无几。但是，次之的“空山无人，水流花开”还是有很多人能参悟的。这一重境界，简而言之就是自然，就是从容。自然从容，其实就是内心的一种安静。内心安静了，名利、成败得失才能不成为缰绳与枷锁。

冬雨是孤独的。品味孤独，享受孤独，是一种灵魂的修行。

我们都有孤独的时刻，我们都有遭逢一场凄风冷雨的时刻。没有谁的生命里，永远都是艳阳高照，春意盎然。安静是主动的，孤独是被动的，我们没有谁主动去选择孤独——就像这场潇潇冷雨，唯有大地在迎接它。可它依然淅淅沥沥，伴着西风，打在青砖红瓦上，打在窗棂上，打在枯叶上，打在江中那一叶扁舟的渔人斗笠上。

热闹时看繁华世景，看匆匆路过身边的每一场悲喜人生，孤独时，就看看水中的倒影，看看自己的内心。这是冬雨给我们的启示。

冬雨是睿智的。像一位智者，从绚烂的夏、沉甸甸的秋蹒跹而来，见证了繁花与硕果，预示着下一季新生的希望。

它总是不疾不徐，不轻佻，亦不狂躁。唯有经历过世事沧桑，喜悦过，悲伤过，得到过，失去过，才能获得真正的智慧。季羡林先生在《八十述怀》中写道：在这一条十分漫长的路上，我走过阳关大道，也走过独木小桥。路旁有深山大泽，也有平坡宜人；有杏花春雨，也有塞北秋风；有山重水复，也有柳暗花明；有迷途知返，也有绝处逢生。因为先生走过这一条长长的路，他才能睿智地悟到人生的意义——正如这场冬雨，绝不是从众的过客，而是儒雅的归人。

热闹时看繁华世景，看匆匆路过身边的每一场悲喜人生，孤独时，就看看水中的倒影，看看自己的内心。这是冬雨给我们的启示。

二

我们每个人的记忆深处，其实都有一场雨。

记忆与文学从来不可分割——我曾多次对学生说这句话。

我记忆中的冬雨，与故乡有关。故乡有一栋老房子。日暮时分，屋子里总会升腾起袅袅炊烟，爷爷和奶奶就在柴火灶前忙活。

冬天，寒风呼啸时，老房子窗户上的塑料薄膜就哗啦啦地响，柴火也会烧得更旺。入夜，爷爷奶奶有时在柴火堆前聊着天，有时就会低垂着头打盹。这时，整个世界就进入一种静寂的状态。火苗呼哧的声音、风声、雨打在瓦片上和竹叶上的声音，就成了冬夜里的一曲天籁，也成了我灵魂深处挥之不去的记忆。

我问学生：你们记忆中有这样一场雨吗？

一个孩子告诉我，他那住在乡下的伯伯，总是在下雨的时候，坐在房子外面的一个亭子里，拉起二胡。伯伯拉二胡的时候，眼睛总是微闭，悠长而悲怆的曲调穿云破雨而去，让他小小的心灵很受震撼。如今，伯伯已经苍老，也不太拉二胡了，可那画面和声音，却一直很清晰。

另一个孩子告诉我，去年冬天的一个夜晚，天很阴冷，又下着雨，他有点饿，于是自己点了一个外卖。在漫长的等待后，自己渐渐焦躁，甚至准备打电话投诉外卖小哥不准时。可当门铃响起，自己打开门时，心中却生出许多歉疚来——他看见一张年轻却疲惫的脸，挂着勉强的笑容。全身都是湿漉漉的雨水，瘦瘦的身子明显在颤抖，嘴唇发白，哆嗦着跟自己不断地解释。屋外这场雨，让他耽误了不少时间。这个孩子告诉我，那一瞬，他明白了原来这个世界上还有那么多人生活不易。我想，这一场冷雨，也许在他心里种下了一份善良与温暖。

我们总会经历那样一场雨，总会自己经历或者看见那样一个故事，有的凄苦，有的快乐，有的冷漠，有的温暖。我们要做的，就是在行走的过程中，别忘了驻足，看看那场雨，看看这人世间最平凡而真实的风景。

三

我们需要一场雨，来洗礼泥尘漉漉的身心。

不同的成长阶段，我们对雨的感知不一样。无论是烟雨迷蒙的诗意，还是暴风骤雨的命运，无论是一曲悲歌，还是缕缕相思，无论是离恨，还是别愁，一场雨，总有自己独特的哲学意义。

它总是不疾不徐，不轻佻，亦不狂躁。唯有经历过世事沧桑，喜悦过，悲伤过，得到过，失去过，才能获得真正的智慧。

宋代蒋捷写过一阕词，叫《虞美人·听雨》——少年听雨歌楼上，红烛昏罗帐。壮年听雨客舟中，江阔云低、断雁叫西风。而今听雨僧庐下，鬓已星星也。悲欢离合总无情，一任阶前、点滴到天明。

不同的年龄，不同的境况，既是自己情感的变化，也是一个时代的嬗变过程。蒋捷这阕词有点悲，那是他自己的画像，也是赵宋王朝的画像。对于我们而言，略显沉重。我们不如“一蓑烟雨任平生”，潇洒豁达一点；我们不如“留得枯荷听雨声”，情意绵长一点；我们不如“画船听雨眠”，恬静闲适一点。

雨便是心情，雨便是人生，雨中有世间百态，有天地万物。

冬天的雨，寒冷，彻骨，像极了命运中让人刺痛的挫败和磨难。可是，如果我们拥有一颗诗心，看到的便是不同的风景。黑暗过去，便是黎明；寒冷过去，便是温暖；泥泞尽头，便是坦途；凋落之后，便是新生。

人生到处知何似？应似飞鸿踏雪泥。我仰慕苏公，不仅是仰慕他的才华，更仰慕他在历经人生的起落浮沉之时，所持的那一份安之若素的心态。二十多岁因才华横溢名动京城，让文坛大咖欧阳修说出“老夫当避路，放他出一头地也”。本可平步青云，但是天意弄人，为官四十载，三十三年行走在被贬谪的路上，却活出了最真实的自我。

希望，是一件美好的事情。经典电影《肖申克的救赎》中，安迪·杜佛兰用了十四年的时间逃出监狱，在电闪雷鸣、滂沱大雨中高举双臂拥抱自由。这个镜头，令人血脉偾张，热泪盈眶。

透过冬天的雨，若你相信，便能看见春天的希望。

何事冬来雨打窗？或为了生命的颜色更加丰富，为了你有片刻的安静，去反观自己的内心。

一个盲人的故事

傍晚，因肩颈酸痛去做盲人按摩。

我常去的地方是一家老店，生意很好，常常要等位。

三个多月没去，师傅竟又换了一批。以前常给我做的刘师傅眼睛看得见，只是视力不太好，手法很重，是按得人哇哇叫依然不肯轻丝毫的那种，但很有效果。刘师傅最大的特点是非常健谈，从第一次去，他看见我用的是最新款的手机后，每次都要向我咨询各种品牌的手机，他自己尤其喜欢三星。后来我就干脆一进去就装睡，到点再清清静静醒过来。

这次去，突然听不到刘师傅的喋喋不休，有点莫名的空荡荡。

生意依然非常好，等待了二十分钟后，终于轮到了一个床位。师傅戴了一副墨镜，五六十岁光景，简单问过我哪里不舒服后，就再也不多说一个字。渐渐地，我仿佛窥见了一个黑色世界里的无边无际的忧伤与寂寞，就那么没有方向地飘着，落不了地。

不知是出于悲悯抑或好奇，我试着和他聊起来，不料第一个问题就让自己懊悔不已——我问他，是不是盲人按摩的师傅基本上都能看得见，只是视力不好？他告诉我不是，他就是全盲。其实我知道和残疾人聊天时应当避免谈到他们的缺陷，只是我小聪明地以为必须要看得见一点才有工作能力，才问了这样一个不礼貌的问题。不承想他接着跟我说了起来，其实他不是先天性失明，是在二十九岁时在工地上不幸被炸药炸瞎的，说到这时他轻轻地叹了一声，然后略带苦涩地笑着说，炸死就好了。我安慰他说这就是命运。他说，是啊，这就是命运，那一个炸弹，炸掉了他的人生。我问他刚开始是怎么熬过来的，他告诉我前几年每天都想死，到后来，只有接受现实。他说他十几年来一直在温州、深圳等地按摩，闲暇时间还学会了用特制的盲人软件上网，只是不太好用经常出问题，还说自己有一个儿子，已经在打工了，可具体在哪儿，做什么都说不上来，想必联系并不多吧。

到钟后，他叮嘱我多休息，劳累了就多去按按摩，转身出去时撞倒了一张凳子，扶起来弯腰起身时又撞到了门，大概是新环境还不熟悉吧。

在喧闹繁华的尘世中，也许每一个人都有能让你恻隐的故事，我们听着别人的故事，也演绎着让别人看的故事，平凡着，精彩着，可终有一天要像这位盲人老人一样平静地说，这就是命运吧。祝福每一个人，有一个自己能主宰的命运。

在喧闹繁华的尘世中，也许每一个人都有能让你恻隐的故事，我们听着别人的故事，也演绎着让别人看的故事，平凡着，精彩着，可终有一天要像这位盲人老人一样平静地说，这就是命运吧。

坐车杂感

忘记多久没有坐过公交车了，嘈杂的环境里，突然有了片刻的安静，便想记录一下此刻的感觉。

坐车的过程真像人生。我突然想到一个与人生密切相关的高频词——幸福。

等候的时候，心里是充满期盼的，踮起脚尖望着车来时的方向，热切而焦灼，一辆过来，不是；两辆过来，依然不是……一辆又一辆，当自己要坐的车过来时，眼睛都亮了，恰好停在你的跟前，恰好随着拥挤的人群上了车，找到一个立足的地方，抓住了扶手，车门关上，缓缓启动，你就吁了一口气。这一瞬，你庆幸自己上了车，相比没挤上车的人，你是幸福的。而如果你站着站着，原本没指望有个座位，突然身边空出一个位子来，而身边又没有白发苍苍的老人，挺着大肚子的孕妈妈，你可以心安理得地坐下，把背包放在腿上，听着周边的人抱怨或争吵，而你只用安安静静地看着窗外的水汽氤氲，突然，你就觉得更幸福了。

试想，如果是晴朗的日子，一辆相对空荡的车驶来，你从容上车，坐在一个位子上，你是否有此刻的幸福感？我看未必。幸福从来都是伴随期盼而来的，你张望过它，幻想过它，当它翩然而至时，你才觉得珍贵。幸福又往往是在对比的境遇中才能感知的，身体不舒服时，你会觉得身体好的人真幸福；没钱的时候，你会觉得有钱的人真幸福；家庭破碎的人，会觉得家庭和睦的人真幸福；肚子饿的时候，你会觉得对面那个吃着热气腾腾的方便面的人真幸福……我们匆匆行走于这繁华纷乱的世间，真的有一瞬思考过幸福究竟是什么吗？

我突然悟到：一个人如果找准了自己的生活节奏，做自己觉得有价值的事情，不因为盲目比较而乱了自己的方寸，其实就是幸福的。

幸福从来就形态不一，老师不布置作业时，学生最能体悟到幸福；医生宣布已经痊愈可以出院时，病人最能体悟幸福；幸福从来都是独一无二的，是自己的感受，无法取代，亦无可强加。

每个人都有下车的时候，每个人终要对这辆车挥手道别，如果下车时，同车的人因为你的彬彬有礼而对你微笑，那么，当你踏上土地的时候，心里盈满的也必定是幸福吧。

每个人都有下车的时候，每个人终要对这辆车挥手道别，如果下车时，同车的人因为你的彬彬有礼而对你微笑，那么，当你踏上土地的时候，心里盈满的也必定是幸福吧。

雨夜惊魂

参加完一个活动，已经是夜里十二点了。窗外飘着潇潇细雨，我开车行驶在从梅溪湖往家里去的空旷的大路上，一边听着下载的评书节目，心情怡然。

正当我经过一个路口，停车等绿灯时，突然一阵尖锐的急刹车声把我惊住了！往右边看去，一辆小轿车停在我的旁边，两车的反光镜已经只有一两厘米远了！模糊中，我看到那辆车的驾驶员已经从车窗探出头，我估摸着应该是问路的，便放下车窗玻璃。

眼前的一幕把我吓了一跳——一个醉得眼睛都睁不蛮开的人，下巴搁在车窗上，手指着前面，吐词不清地问我："前……前……面是……是不是在查……查酒驾？"感觉他舌头都在打结，说出每个字都无比吃力。我顺着他指的方向看去，前面的路边停靠着一辆闪着警灯的执勤警车。

醉成这样还知道躲警察，也是个人才！不管是不是警察，让这样的人开车在路上跑，简直就是个祸害！我立马正色对他说："是的，在查酒驾！你醉成这样了，抓进去就要关半年！赶紧靠路边停车，叫一个代驾来，现在滴滴代驾很方便的！”停在路中间，我也不敢贸然下车，只是隔窗喊话，毕竟小命要紧。武松醉成那样也打了虎，证明酒后战斗力还是能保存几成的，万一觉得我多管闲事挥起拳头来，我岂不是自讨没趣？

他拿出手机，点了几下，嘴里嘟囔着，不知说些什么，然后又拨通了一个电话，嚷嚷着叫人来接他，估计电话那头在骂人，他生气地把手机往副驾驶座位上一甩，说：“妈的，全世界都不肯来接我！”然后又半眯着眼睛看向我，仿佛是征询我的意见般问道：“你说我冲过去警察抓不抓得住我？”待我正欲开口阻止，突然绿灯亮了，须臾间现实版《速度与激情》就在我身边上演了——一辆小尼桑，被这位兄台开出了法拉利的感觉，呼啸一声，如脱缰的野马冲了出去，我明显听到车子的动力在奋力抵抗发出的嘶吼声，几秒之后，车子消失在苍茫的夜色之中。

路过警车时，我犹豫了大概两秒，要不要告诉警察叔叔去抓他，真的只犹豫了两秒，我的车已经开过去了。唉，算了吧，只希望这位大哥的家就在前方不远处，也希望你不要撞到别人的车，平安回家就好了。一边想着，我一边慢慢地行驶着，突然，一辆黑色小车又贴近了我，一个人大声喊着，我赶紧又放下车窗——老天爷！竟然是刚才那位醉驾的兄台！刚行驶过程中我没有超过一辆车啊，他从哪里冒出来的？细思极恐啊！后来想，他应该熄火停在路边，在偷偷记我的车牌，为什么呢？因为他用很感动乃至有些哽咽的语气对我说："兄弟，这个世界上……从来……从来没有一个人像你这样……这样关心我，你……你可以告诉我……你……你……你的车牌吗？"我一瞬间无语了，只盼自己是绝世高手，能凌空一掌把他打晕在路边。还好临时牌还没有过期，否则真被他记住了，不过我又暗自好笑，记个车牌能干吗？我对他摆手，大吼一声："你家还有多远？"他被我的气场震慑住了，指了指右边，说拐弯就到了。

我关上车窗，轻踩油门消失在他的视线里，深藏功与名。

参加完一个活动，已经是夜里十二点了。窗外飘着潇潇细雨，我开车行驶在从梅溪湖往家里去的空旷的大路上，一边听着下载的评书节目，心情怡然。

麦田月光

泼 妇

这是一家不大的饭店，大厅摆了有十来张桌子，还有五个包厢。

我上个礼拜去吃了一次，觉得口味不错，恰逢老友来访，今天便又去了这家店。

到那里时，大厅几乎坐得满满当当，只剩下一张空桌子，我们三个人赶紧入了座。边上还有三个空包厢，应该是预订出去了的——当我们点好菜，正吃着花生米闲聊时，来了三十余位食客，说笑着进了这三个包厢。

这三十余位食客，应该是一大家人，老中青都有。

故事，从这里开始。

如果时间可以重来，我今天不会去这个饭店。

如果时间可以重来，我不会点这份肉丸汤。

但是，太迟了。

我点了五个菜，其中有一份肉丸汤。点完菜大约二十分钟后，出菜的服务员端着一份肉丸汤走到我们这桌旁边，停住了脚步。我看她左顾右盼的神情，便提醒了一声："你好，这个菜是我们的。"这个还是小女孩的服务员犹豫了一下，确认了一下桌上的点菜单，把菜端上了我们桌子。

我们三个人一碗汤还没喝完，其中一间包厢里冲出来一个人，口里骂骂咧咧的——我定睛一看，这是一位约莫五十岁的中年妇女，体态臃肿，一身贵气的宝石绿丝绸材质短旗袍，不长的酒红色卷发，眉毛描得很刺眼。她在我们桌子旁边立定，一声怒吼，叫来了领班。

"为什么把我的菜上给别人？"她横眉竖眼，一个肥胖的手指指着我们桌上的肉丸汤。

领班脸露歉意，怯怯地说："他们也来得很早，这个菜他们也点了的。您别急，我马上给您去催。"

"快点去！莫搞得老子发脾气！"贵妇怒气难消，心怀怨恨地瞪了我们桌上的肉丸汤一眼，扭头走回了包厢。

我和两位朋友对视了一眼，觉得空气中溢满了尴尬。

服务员们又开始忙碌了起来，一个一个菜传出来，端上了一张又一张桌子。我们的菜上得差不多了，包厢里的菜也上得差不多了，大家都在说说笑笑，空气里充满着快活的气息。

突然，包厢里又传来一声怒吼——“他妈的！觉得老子好欺负是吗？”还是那位贵妇，像脱缰的野……野马，径直往厨房冲去。

这次的怒骂持续了十分钟以上，各种难听的词汇难以描述。那个小女孩服务员被骂得狗血淋头，不敢接话。那位领班一直不停地道歉，然而并不奏效，她被贵妇推搡着倒退了好几步，差点摔倒。

终于，这份让人无比揪心的肉丸汤在贵妇的怒骂声中被端出来了。

故事本应结束了。然而，故事还在继续。

一分钟后，杀猪般的号叫声再次从包厢里传出来。贵妇手里端着一个碟子杀将出来，碟子里装着两个肉丸。领班一路小跑赶过来，脸上依然赔着抱歉的笑，连声地询问怎么了，贵妇怒吼道：“你这是给猪吃的吗？熟都没煮熟，就给老子端上来？”此时，三个包厢里出来了七八位年轻人，纷纷安抚贵妇，跟她说：“算了算了，反正是火锅，再煮一下就熟了。”不劝还好，一劝，她的声音反而提高了八度，开启了无限循环的骂街模式。

骂到眼红时，她竟然用手抓着那两颗肉丸子，强行往领班的嘴巴里塞。领班本能地扭头躲避，却又避之不及。

一股热血冲上我的脑子，正欲拍案而起，友人按住了我，低声说："这种泼妇，是讲不了道理的，你不要出头，等下把气全撒在你身上。"

我迟疑了一下，瞬息之间，却发现空气突然变得沉寂了——那位领班，噙着泪花，一口一口把肉丸子咽下去了。

曾经以为是电影里才会出现的故事，就这样，活生生地在我们眼前发生了。

贵妇——不，此时此刻我已经不得不用"泼妇"来称呼她了——虽余怒未消，但是在亲人们的劝说下，退进了包厢，关上了门。

世界安静了。

我们再也没有心情继续吃这顿饭，买单离开了。买单时，我看到了领班脸上的泪痕，我安慰了她几句，她很感激地对我点头，然而，我不能心安理得地接纳她的感激，我的内心五味杂陈，有愤怒，也有愧疚，有不安，也有无助。

泼妇真的胜利了吗？没有，她输得很彻底。她一大家人开开心心的一次聚餐，被搅和成一场闹剧，或者说狗血剧。虽然，从表面上看，晚辈们谁也劝不住她，但是，他们的内心里一定觉得很羞耻吧。

故事讲完，本来想深入谈点感想，说说道理，但是突然觉得没必要了。我讲故事，你们体味吧。

如果时间可以重来，我今天不会去这个饭店。

胖子

胖子生于 1960 年。

九十年代的时候，胖子是一家房地产公司的老板。三十多岁的他，坐着大奔，出入高档酒店和写字楼，可谓春风得意。

公司后来怎么样了，胖子总是和朋友们说得闪烁其词。不过，总之就是倒闭了，欠了银行好多钱，他还跑了好几年路。

后来，事情平息后，胖子的生活依然很潇洒——他是高干子弟，父母以厅局级待遇退休，家里的存折就抓在胖子手里。

近五十岁的时候，胖子交了很多年轻朋友，他很享受在人群中是老大哥的感觉——总有一群小伙子听着他的传奇故事，听着他说的人生哲理。

不得不说，胖子的人生哲理是独树一帜的，而且他总说得圆，让人信服。

比如，胖子说，人一定要有一些酒肉朋友。他说，和酒肉朋友在一起时，不用想太多，开心就好。人不能一直紧绷，交的朋友不一定总是有利用价值的。

说这个道理的时候，胖子俨然洞悉了老庄的智慧，令人信服。

比如，胖子说，人应当挺起胸膛生活，不用在任何人面前卑躬屈膝，谁也没什么了不起。人家是亿万富翁又如何，又不会给你分一点，所以不必巴结讨好他们。小兄弟们用羡慕的眼神看着胖子，毕竟，他是从繁华中走过来的，啥都见识过。

胖子还给小兄弟们定义了人脉。他说，只有自己有实力是真的，其他都是假的。他说，要是有一个很厉害的朋友想拉你一把，他投一千万，只要你投一百万，赚了钱对半分。人家也许一千万拿得很轻松，可是你根本凑不齐一百万，而且你扛不起亏损的风险，这就很痛苦。所以，人脉是要与自己的实力匹配的，自己实力强大了，才能交到强大的朋友。

胖子除了和年轻朋友分享各种人生哲理，也会分享自己的故事。

胖子四十几岁才结婚，他的老婆比他小二十四岁，这是他引以为傲的一件事。婚后他们生了两个孩子，胖子经常跟小兄弟们吐槽，每次去开家长会人家都以为他是爷爷。

胖子又进军房地产行业了，这次他投了一笔钱，成了一个房地产公司的小股东，开发建设一栋商业大楼。胖子下半生的希望全在这家公司上了，他满怀期待，也经常和小兄弟们描绘未来的生活。胖子又回到了春风得意的状态，他夜夜笙歌，把酒言欢，完全是一个浪子的行径。五十多岁的人，很多人都在带孙子、打太极拳了，他还在酒吧的灯红酒绿里醉眼蒙胧。

胖子有一句口头禅——人生苦短，嗨死也卵。“嗨死也卵”是长沙方言，如果用比较雅的方式来表达，就是“人生得意须尽欢”，就是“行乐须及春”，就是“诗酒趁年华”。他是这么说的，也是这么践行的。

胖子从来不信奉“生于忧患，死于安乐”，直到父母相继去世，直到自己公司开发的楼盘滞销，他被股东们踢出局，直到家里的积蓄被他挥霍得差不多了，胖子才意识到自己的某些人生哲理未必是正确的。可是，为时已晚。

他把房产抵押给银行，做了消费性贷款，然后杀进股市，不巧的是，股灾又被他撞上了。胖子输得很惨，片甲不留，还债台高筑。

为了躲债，以及妻儿不被打扰，他办了离婚，保了一处房产。近六十岁的他，离开了繁华的市中心，投奔了远处的一个小兄弟。

生活还得继续。胖子的人生哲理换不来温饱，他尝到了苦果，如毒药一般的苦果。两鬓斑白的他，买了一辆电动车，跑起了摩的。人潮中，他的身影很落寞，很孤独。

人潮中，他的身影很落寞，很孤独。

无远弗届

一

高中的时候，曾和死党黄伟、冯寅来过两场说走就走的“旅行”。

一次是站在教室外的阳台上，指着遥远的一座山说，不如我们放假就走路去那里。然后我们就真的去了，从白天走到深夜，在一个山谷里唱歌、聊天一整夜，第二天清晨，天色微茫的时候，我们爬上了那座山，在山顶寺庙前的石头凳子上一直睡到阳光普照大地。

另一次，是三个人第一回去长沙。我们怀着新奇的心情，第一次到了我们的省会城市——在此之前，我们没有离开过岳阳地区半步。从黄兴路步行街，到贺龙体育馆，我们看着繁华的城市夜景，心中充满无限憧憬。那天晚上，我们去了岳麓山脚，在大学城附近的一家网吧里熬了一夜。那天晚上，我看了周

少年的快乐很简单，行走、歌唱、攀登、看人间烟火都是快乐的。

润发和吴倩莲主演的《花旗少林》，感动得稀里哗啦。

少年的快乐很简单，行走、歌唱、攀登、看人间烟火都是快乐的。

二

一辈子最难忘的远行，是和郑佑云、周鹏飞骑单车去云南。

其实最初这个主意是我的——2011 年 10 月，我和周鹏飞辞去了工作，打算回长沙发展。在回来之前，我想去一趟西藏，完成一趟“朝圣之旅”，净化自己的灵魂，看见心中的归宿。当我把想法告诉了周鹏飞和远在成都的郑佑云后，他们很兴奋，决定一起去。紧接着，郑佑云也辞职了。

当我准备订机票的时候，他们却突然说坐飞机去的话还不如不去，于是我妥协了，准备订火车票，结果他们说火车也不坐，我有点哭笑不得，问他们说，有去西藏的大巴吗？他们一脸坏笑，说骑单车去。

我骂他们疯了。

他们却毫不犹豫回到了长沙，迅速备齐了全套骑行装备，俨然动真格的样子。这下轮到我急了，我说《转山》你们看过吗？骑单车去西藏，还要命吗？

他们嘴巴还很硬，但是当天晚上偷偷把《转山》看了，沉默了一夜。第二天，他们跟我商量说，要不我们先往云南方向骑，不管骑到哪里，只要豁然开朗了，我们就回来。我依旧觉得不现实，没有答应。

在我犹豫不决的时候，他们启程了。

七天后，他们从长沙，一直骑到了贵阳。

每天，他们会给我发几张照片，第一天、第二天……第七天的时候，我实在按捺不住内心的冲动了，订了当晚飞往贵阳的机票。

贵阳是一个“坡上的城市”，整个城市没几家自行车专卖店。我们好不容易找到一家专卖店，买了一辆车。

第二天，我加入了骑行的队伍。

剩下的十天，是我一生中无比美好而有意义的十天。我们从云贵高原间的国道上穿行而过，天不亮时出发，黄昏日暮时到达预设的目的地，快的时候，一天骑一百三十公里，慢的时候，一天骑五十公里。在这条路上，我知道了我们以为的巅峰其实不是巅峰，转过一个弯后，你会发现它只是下一个巅峰的山脚；我知道了看似很近的只隔着一条小山涧的路，有时需要翻越千山万水才能抵达；我知道了无论多艰难的陡坡，只要你咬牙向上，最终都一定能跨越；我知道了在翻山越岭的路上，队友的鼓励真的是有力量的；我知道了上坡、下坡都是人生的常态，别高兴得太早，也别轻易沮丧……

我们终于到达了大理。

在洱海边，我们静静地坐着，谁也没有说话。

脑海中，只有许巍的《温暖》的旋律——“我爱蓝色的洱海，散落着点点白帆，心随风缓慢地跳动……”

我们坐了很久很久，最后决定了：回长沙，从零开始！

这不是一个虚构的故事，更不是想用它来渲染我们的奋斗史。这段路程，是我们的青春。我和郑佑云、周鹏飞从2001年结拜，到如今已经二十年。今天，我们依然奋斗在一起，在一个办公室，每天都可以见面。

三

我后来终于圆了去西藏的梦。

2015年8月，我和刘汨、黄波，租了一辆丰田的越野车，从长沙出发，过成都，走318国道，经雅安、泸定、理塘、芒康、八宿、波密、通麦、林芝进藏。

最大的感悟是：最美的风景都在路上。

途中我们在稻城亚丁逗留了几天，我写过几段文字记录心情，摘录一段——

稻城亚丁，一个很久以前就觉得非常有诗意的名字，总觉得它应该有一个美丽的故事，记载在一本神秘而沧桑的藏文古籍里。从香格里拉镇出发，半个小时的车程抵达亚丁景区，我看到了三座连绵起伏直插云霄的雪山，太阳的光芒映照在白雪上，让人震撼；我看到了高山间的平原，溪水淙淙，宛若碧绿的翡翠，脸上洋溢着幸福的藏民们策马奔腾，引出一阵阵的欢呼声；我看到了岸边错落有致地排布着意寓祈愿的“玛尼堆”的珍珠海，说是海，却非常小，可它终究不能算小，因为它的心里装着一座大大的雪山，洁光四射；我看到了一座朴实无华甚至可以说破烂的喇嘛庙，不惹一丝浮华，没有一缕铜臭味，安安静静，可是所有的神像、壁画都雕琢刻画得让人心生自然的崇敬……我看到了“最后的香格里拉”令人心碎的美，所有的图文在它面前都是那样黯然失色，而我只想记住这个诗意的名字——稻城亚丁。

历经十四天行程，我们到达拉萨。从布达拉宫下来后，我坐在石阶上，写了西行的最后一篇小日记——

那一天，闭目在经殿香雾中，蓦然听见，你诵经中的真言；那一月，我摇动所有的经筒，不为超度，只为触摸你的指尖；那一年，磕长头匍匐在山路，不为觐见，只为贴着你的温暖；那一世，转山转水转佛塔啊，不为修来生，只为途中与你相见……当我静静站立于仓央嘉措的金身神像前，心里默念起他的文字时，竟有一种湿润的东西漫过眼睛。恍如穿越了几个世纪，我只身来到了布达拉宫，在恢宏的建筑里，看到了仓央嘉措的身影，这个雪域的王，这个痴心的情郎，本该了却尘缘，却在有生之年都在歌咏爱情，“和有情人做快乐事，别问是劫是缘”。他的命运是悲凉的，却又充满色彩，因为他，神圣的布达拉宫才变得如此诗意。

布达拉宫，一个我已经向往了很多年的地方，却一直无缘得见。这次西行的最重要的一个目的地，便是这红白相间的古朴建筑。预约的时间是下午一点四十，上午十点多便去排队，今天的布达拉宫上方，没有湛蓝幽远的天空，网上经常看到的正前方有倒影的湖也并不存在。可当我顺着台阶一步一步爬上去时，那种难以言喻的心情竟像蘸了墨水的卷轴，舒展成

无论是大气磅礴、流光溢彩的壁画，还是镶满宝石庄严威武的佛像；无论是浸染沧桑安静矗立的古墙，还是虔诚膜拜白发苍苍的老人，都是这幅画中意韵深远的元素。

一幅壮观而细腻的画。无论是大气磅礴、流光溢彩的壁画，还是镶满宝石庄严威武的佛像；无论是浸染沧桑安静矗立的古墙，还是虔诚膜拜白发苍苍的老人，都是这幅画中意韵深远的元素。

当我经过闭目诵经的喇嘛面前，从成千上万尊佛像中穿行而过时，所有的得失感仿佛在一瞬间消失殆尽，所有的悔与怨仿佛在一瞬间都弥散在酥油青灯里……

谢谢你，拉萨，感谢你赐予我的所有美好的遇见。

四

请容许我改一个名句。

《尚书》中说：唯德动天，无远弗届。

我想改写一下——心有诗意，无远弗届。

任何时候，我们都不要遗忘曾经我们向往的诗和远方。它们也许真的很缥缈，很遥远，它们也许真的和我们隔着茫茫山海，但是只要我们想去，便没有什么地方不能达到。